L'AFFAIRE DU CHIEN DES BASKERVILLE

DU MÊME AUTEUR

LE PARADOXE DU MENTEUR. Sur Laclos, *1993*

MAUPASSANT, JUSTE AVANT FREUD, *1994*

LE HORS-SUJET. Proust et la digression, *1996*

QUI A TUÉ ROGER ACKROYD ?, *1998 ("double", n° 55)*

COMMENT AMÉLIORER LES ŒUVRES RATÉES ?, *2000*

ENQUÊTE SUR HAMLET. Le Dialogue de sourds, *2002*

PEUT-ON APPLIQUER LA LITTÉRATURE À LA PSYCHANALYSE ?, *2004*

DEMAIN EST ÉCRIT, *2005*

COMMENT PARLER DES LIVRES QUE L'ON N'A PAS LUS ?, *2007*

L'AFFAIRE DU CHIEN DES BASKERVILLE, *2008 ("double", n° 70)*

LE PLAGIAT PAR ANTICIPATION, *2009*

ET SI LES ŒUVRES CHANGEAIENT D'AUTEUR ?, *2010*

Aux P.U.F.

IL ÉTAIT DEUX FOIS ROMAIN GARY, *1990*

PIERRE BAYARD

L'AFFAIRE DU CHIEN DES BASKERVILLE

LES ÉDITIONS DE MINUIT

ISBN 978-2-7073-2135-0

pour Guillaume

Les barrières entre réalité et fiction sont plus minces que nous ne l'imaginons, un peu comme un lac gelé. Des centaines de personnes peuvent le traverser, mais un soir, ça dégèle à un endroit, et quelqu'un tombe dans le trou. Le lendemain matin, la couche de glace s'est déjà reformée.

Jasper Fforde, *L'Affaire Jane Eyre*

LISTE DES PERSONNAGES

SHERLOCK HOLMES : *détective anglais. Passé pour mort après sa disparition dans les chutes du Reichenbach, en Suisse, il est ressuscité par Conan Doyle, huit ans après, dans* Le Chien des Baskerville.

DOCTEUR WATSON : *ami et adjoint du détective.*

CHARLES BASKERVILLE : *propriétaire du manoir qui porte son nom. Meurt dans des conditions mystérieuses juste avant le début du roman.*

HENRY BASKERVILLE : *neveu de Charles Baskerville, héritier du manoir et de la fortune de son oncle.*

DOCTEUR JAMES MORTIMER : *ami de la famille Baskerville. Se déplace à Londres au début du roman pour demander à Sherlock Holmes d'enquêter sur la mort de Charles Baskerville, trop vite classée à ses yeux par la police.*

JACK STAPLETON : *naturaliste installé près du manoir des Baskerville. Sherlock Holmes découvre qu'il appartient à la famille Baskerville et le soupçonne d'être l'assassin de Charles.*

BÉRYL STAPLETON : *femme de Jack Stapleton. Celui-ci la fait passer pour sa sœur.*

JOHN BARRYMORE : *serviteur du manoir des Baskerville.*

ELIZA BARRYMORE : *femme de John Barrymore et sœur de Selden.*

SELDEN : *forçat évadé, frère d'Eliza Barrymore.*

FRANKLAND : *vieil homme aigri, qui vit sur la lande où il multiplie les procès contre ses voisins. Père de Laura Lyons, avec qui il a rompu.*

LAURA LYONS : *fille de Frankland et maîtresse de Stapleton. Vit seule sur la lande.*

LE CHIEN : *molosse. Il est accusé de deux meurtres et d'une tentative de meurtre par Sherlock Holmes.*

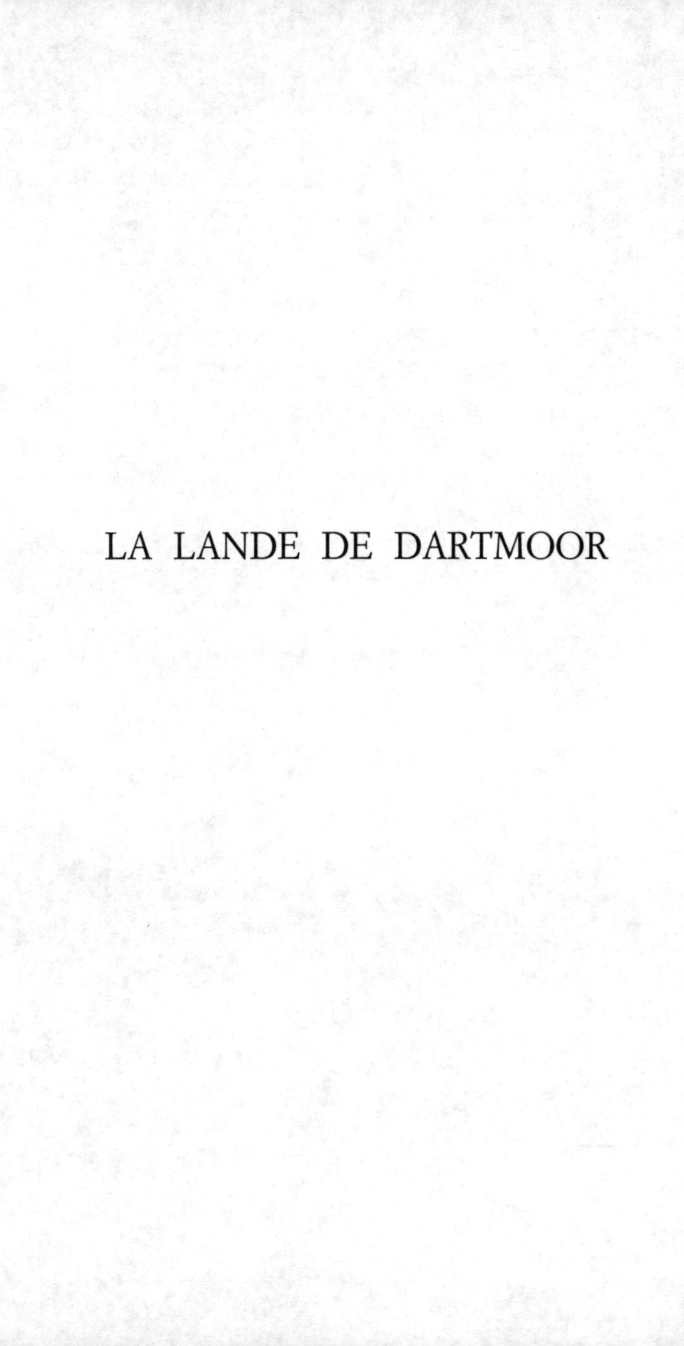

LA LANDE DE DARTMOOR

Dans la chambre où elle est enfermée depuis plusieurs heures, la jeune fille entend les cris et les rires qui montent de la grande salle. À mesure que la soirée avance et que les esprits s'échauffent sous l'influence de l'alcool, l'angoisse grandit en elle à la pensée du sort que lui réservent les hommes qu'elle entend festoyer, et, au premier rang, le pire de tous, le chef de la bande, Hugo Baskerville, propriétaire dévoyé du manoir qui porte son nom.

Cela fait des mois qu'Hugo tourne autour de la jeune paysanne, qu'il a tenté d'attirer par tous les moyens, d'abord en essayant de la séduire, ensuite en offrant à son père des sommes d'argent importantes s'il acceptait de favoriser leur relation. Mais elle n'éprouve que répulsion pour cet homme monstrueux, et n'a eu de cesse de l'éviter. Hugo et ses hommes n'ont pas hésité alors, en ce jour de la Saint-Michel, à recourir à la violence et, profitant d'une absence de son père et de ses frères, à l'enlever et à l'emmener au manoir.

Quand la porte de la pièce s'est refermée sur elle, la jeune femme est restée un moment immobile et incapable de réagir, paralysée par l'émotion. Puis, surmontant sa peur, elle s'est ressaisie et a entrepris de chercher un moyen pour s'échapper de sa prison. Elle a d'abord tenté de forcer la serrure, mais a dû renoncer rapidement. Fabriquée en métal et insérée dans une porte en chêne massif, elle résisterait à tous les coups.

Un regard circulaire sur la pièce où elle est enfermée montre qu'à l'exception d'un conduit de cheminée inaccessible il ne reste qu'une ouverture disponible : une petite fenêtre à peine visible, qu'il est possible à une personne non corpulente d'ouvrir et d'enjamber. Mais, en se penchant, elle constate que le sol est à plusieurs mètres en contrebas, et sauter signifie se briser un membre, plus probablement encore se tuer.

Cette ouverture est cependant la seule qui permette à la prisonnière d'entretenir un mince espoir, à condition de faire preuve d'agilité et d'accepter de jouer sa vie sur un coup de chance. Du lierre grimpe le long de la façade, depuis le sol jusqu'au toit, et elle se résout donc, en prenant tous les risques, à tendre le bras et à l'agripper, puis, en s'aidant des gouttières, à amorcer une périlleuse descente et à se laisser glisser jusqu'en bas.

*

Parvenue finalement au sol, et en dépit des écorchures faites en descendant le long du mur, la jeune fille s'éloigne immédiatement du manoir et prend en courant la direction de la maison paternelle, distante de trois lieues, dont elle devine au loin, plus qu'elle ne les aperçoit, les lumières sur la lande.

Malgré la souffrance et l'angoisse, l'espoir commence à renaître en elle à mesure qu'elle s'éloigne de sa prison, et elle parvient à surmonter la terreur due à l'obscurité et aux bruits étranges qui lui parviennent de la lande, un monde habité la nuit, à cette époque que la science n'a pas encore civilisée, par des créatures surnaturelles.

Des bruits indistincts que domine bientôt un son plus fort et plus régulier, qui se rapproche rapidement et dont il est aisé de reconnaître l'origine. C'est le galop d'un cheval, lancé à toute allure sur le chemin, que son cavalier presse de ses cris, et dont la destination ne laisse malheureusement guère de doute.

Mais il y a pire encore pour qui prête avec attention l'oreille aux sons de la lande. Plus terrifiant encore que le bruit de la cavalcade est le hurlement d'une bande de chiens, dont les aboiements se font de plus en plus proches, comme s'ils avançaient plus vite que le cheval et l'avaient déjà laissé loin derrière eux.

La jeune fille comprend alors que son geôlier s'est rendu compte de sa disparition et s'est lancé à sa poursuite. Mais il ne s'est pas contenté de prendre son cheval. Il a aussi lancé sur ses traces la meute des chiens qu'il utilise pour la chasse, après leur avoir probablement fait sentir un vêtement de sa prisonnière, devenue un nouveau gibier.

*

Terrassée par la fatigue, morte de frayeur, la jeune femme, abandonnant le sentier sur lequel elle courait, n'a d'autre ressource que de se jeter dans une large cuvette, un *goyal*, où se dressent deux grosses pierres élevées jadis par les habitants du lieu. Elle sait qu'elle n'a aucune chance d'échapper à son ravisseur et qu'elle ne peut que gagner quelques minutes de répit avant d'être découverte et déchiquetée par les molosses.

Accroupie par terre où elle tente de reprendre son souffle, elle attend, en adressant au Ciel des prières résignées, le dénouement inévitable. Et celui-ci ne manque pas de se produire, avec le surgissement d'Hugo Baskerville, qui descend brutalement de son cheval, qu'il ne prend même pas la peine d'attacher à un arbre, et se jette lui aussi dans le goyal.

Mais le poursuivant ne ressemble pas à l'homme à l'apparence redoutable qu'elle s'attendait avec crainte à voir émerger des ténèbres. Son visage n'exprime pas la colère du chasseur qui a laissé échapper sa proie, mais une terreur sans nom qui déforme ses traits. Car Hugo Baskerville, comme sa victime, est maintenant réduit lui-même à l'état de proie.

Derrière lui se dresse une forme monstrueuse, celle d'un chien noir gigantesque, d'une taille qui défie l'imagination, qui semble sorti tout droit de l'enfer et se tient sur le bord du goyal, les yeux injectés de sang. D'un bond prodigieux, il se lance sur Hugo, qui ne peut l'éviter et roule par terre en poussant un cri d'horreur. Un cri qui s'éteint aussitôt dans sa gorge, car le monstre y a planté ses crocs, et le jeune homme perd rapidement connaissance.

Abasourdie par le spectacle et à bout de nerfs, la jeune femme s'effondre et meurt d'épuisement et de peur, si bien que les compagnons d'Hugo découvrent deux cadavres quand ils parviennent à leur tour au bord du goyal. Un spectacle si saisissant que certains – raconte-t-on depuis dans les villages avoisinants – en succombèrent d'effroi et que d'autres en devinrent fous à jamais.

*

À quoi pense donc la jeune fille au moment de rendre son âme ? Si les textes qui sont parvenus jusqu'à nous restent muets sur ce point, il n'est pas interdit de faire œuvre d'imagination. Car les pensées des personnages littéraires ne sont pas enfermées à jamais dans l'intériorité de celui qui leur a donné souffle. Plus vivantes que beaucoup de vivants, elles se diffusent à travers ceux qui fréquentent leurs auteurs, imprègnent les livres qui les racontent et traversent les époques à la recherche d'un destinataire bienveillant.

Il en va ainsi des dernières pensées de la jeune fille dont je viens de raconter les instants ultimes au fond d'un goyal perdu de la lande de Dartmoor. Elles sont porteuses d'un message non décrypté jusqu'à présent, message sans lequel l'ouvrage le plus célèbre de Conan Doyle, *Le Chien des Baskerville,* demeure incompréhensible. C'est à reconstituer ces pensées et leurs effets secrets dans l'intrigue que ce livre, rédigé à la mémoire de la jeune morte, voudrait s'attacher.

La volonté de la comprendre et d'écouter ce qu'elle avait à nous dire m'a conduit en effet à reprendre minutieusement l'enquête sur les meurtres attribués au chien des Baskerville et à faire un certain nombre de découvertes, au point de mettre peu à peu en doute la vérité officielle. Il y a aujourd'hui tout lieu selon moi de supposer, au vu d'une série d'indices convergents, que la solution généralement admise pour expliquer les crimes atroces qui ont ensanglanté la lande du Devonshire ne tient pas et que le véritable assassin a échappé à la justice.

Comment Conan Doyle a-t-il pu se tromper à ce point ? Il lui manquait sans doute, pour résoudre une énigme aussi complexe, les outils de la réflexion contemporaine sur les personnages littéraires. Ceux-ci ne sont pas, comme on le croit trop souvent, des êtres de papier, mais des créatures vivantes, qui mènent dans les livres une existence autonome, allant parfois jusqu'à commettre des meurtres à l'insu de l'auteur. Faute de mesurer cette indépendance, Conan Doyle ne s'est pas aperçu que l'un de ses personnages avait définitivement échappé à son contrôle et s'amusait à induire son détective en erreur.

Cet essai, en engageant une véritable réflexion théorique sur la nature des personnages littéraires, leurs compétences insoupçonnées et les droits qu'ils peuvent revendiquer, se propose donc de rouvrir le dossier du *Chien des Baskerville* et de résoudre enfin l'enquête inachevée de Sherlock Holmes, permettant par là à la jeune morte de la lande de Dartmoor, errante depuis des siècles dans l'un de ces mondes intermédiaires qui environnent la littérature, de trouver le repos [1].

1. Toute ma gratitude à François Hoff, éminent spécialiste de Sherlock Holmes, qui a bien voulu relire attentivement le manuscrit et me faire quelques suggestions utiles.

ENQUÊTE

CHAPITRE PREMIER

À LONDRES

Ce matin-là Sherlock Holmes reçoit à son domicile londonien de Baker Street la visite d'un médecin de campagne, le docteur Mortimer. Celui-ci est porteur d'un document datant de 1742, qui lui a été confié par son ami, sir Charles Baskerville, lequel est décédé de façon tragique trois mois auparavant. Ce document, transmis de génération en génération, raconte l'épisode légendaire de la mort d'Hugo Baskerville, tué par un énorme chien d'apparence diabolique, alors qu'il poursuivait une jeune femme, échappée du manoir où il l'avait enfermée.

Sherlock Holmes ne prête que peu d'intérêt au document du docteur Mortimer, qu'il juge « intéressant pour un amateur de contes de bonne femme [1] ». Mais le docteur ne s'est pas seulement déplacé pour raconter des événements survenus il y a longtemps. S'il est venu requérir l'aide de Holmes, c'est qu'il se demande si le chien des Baskerville, plus de deux siècles après son premier crime, ne vient pas de faire sa réapparition.

*

L'étrange récit que fait alors le docteur Mortimer porte sur la mort de son ami Charles Baskerville, des-

1. *Le Chien des Baskerville*, Le Livre de poche, 2002, p. 18.

cendant d'Hugo, qui vivait à proximité de chez lui. Charles avait l'habitude de se promener chaque soir dans une allée d'ifs de son manoir. Trois mois avant la visite à Londres du docteur Mortimer, il sort un soir comme de coutume, mais ne rentre pas. À minuit, son serviteur, Barrymore, voyant la porte du manoir ouverte, s'inquiète et part à la recherche de son maître. Il le retrouve mort dans l'allée d'ifs, sans marque de violence sur le corps, mais le visage profondément déformé. Tout indique que Charles a été victime d'une crise cardiaque et telles sont bien les conclusions de l'enquête policière.

Le docteur Mortimer ne se satisfait cependant pas de ces conclusions et pense que la mort de Charles Baskerville ne peut être séparée de la légende du chien maléfique. Il se fonde d'abord sur la terreur dans laquelle vivait son ami, persuadé qu'une malédiction pesait sur sa famille depuis plusieurs siècles et que le monstre allait finir par réapparaître.

Mais surtout le docteur Mortimer a eu accès à la scène du meurtre et a aperçu, à une vingtaine de mètres du corps, les traces d'un chien gigantesque. Ces traces se trouvaient sur l'allée elle-même et non sur les bordures de gazon qui l'entourent. Elles ont échappé aux enquêteurs qui, faute de connaître la légende des Baskerville, n'avaient aucune raison de s'intéresser à ce type de signes.

Elles attirent en revanche immédiatement l'attention de Holmes, qui soumet le docteur Mortimer à toute une série de questions sur la scène du meurtre. Celles-ci font apparaître l'importance d'une porte à claire-voie faisant communiquer l'allée d'ifs avec la lande. La victime se serait arrêtée quelques minutes devant cette porte – en témoigne le fait que la cendre de son cigare est tombée à deux reprises –, comme si elle avait rendez-vous avec quelqu'un.

Holmes porte par ailleurs attention aux variations des

traces laissées par Baskerville. D'après le témoignage du docteur, les empreintes ont changé d'aspect à partir du moment où il a dépassé la porte donnant sur la lande, comme s'« il s'était mis à marcher sur la pointe des pieds [2] ». Holmes se garde de négliger ce détail et suggère dès le départ une hypothèse à Watson :

> « Ainsi le changement de forme des empreintes. Quel est votre avis, Watson ?
> – Mortimer a déclaré que sir Charles avait descendu sur la pointe des pieds cette partie de l'allée.
> – Il n'a fait que répéter ce qu'un idiot quelconque a dit au cours de l'enquête. Pourquoi un homme marcherait-il sur la pointe des pieds en descendant cette allée ?
> – Quoi, alors ?
> – Il courait, Watson ! Il courait désespérément, il courait pour sauver sa vie... Il a couru jusqu'à en faire éclater son cœur et à tomber raide mort.
> – Il fuyait devant quoi ?
> – Voilà le problème. Divers indices nous donnent à penser que sir Charles était fou de terreur avant même d'avoir commencé à courir [3]. »

Pour comprendre ce qui s'est passé, le docteur Mortimer n'est pas loin, pour sa part, de se rallier à une hypothèse surnaturelle. Trois personnes au moins ont en effet croisé sur la lande, avant l'événement, « une bête énorme, quasi phosphorescente, fantomatique, horrible [4] ». Leurs témoignages concordent parfaitement et laissent penser que le chien de la légende a réapparu.

*

Vivement intéressé par ce récit, Holmes demande au docteur Mortimer d'aller accueillir à la gare de Londres

2. *Ibid.*, p. 20.
3. *Ibid.*, p. 33.
4. *Ibid.*, p. 27.

Henry Baskerville, neveu de Charles et héritier de la fortune, qui arrive de l'étranger, et de venir le voir en sa compagnie le lendemain matin, lui-même se donnant le temps de la réflexion.

Le lendemain, Henry Baskerville se présente chez le détective et lui révèle que plusieurs faits mystérieux se sont produits depuis son arrivée en Angleterre. Il a d'abord reçu le matin même à son hôtel une enveloppe dont l'adresse est rédigée en lettres grossières, contenant une feuille avec une seule phrase constituée de mots découpés dans du papier : « Si vous tenez à votre vie et à votre raison, éloignez-vous de la lande[5] ». Seul le mot « lande » est écrit à l'encre. Cette lettre est d'autant plus étrange que personne ne pouvait savoir qu'Henry Baskerville allait descendre dans cet hôtel, la décision ayant été prise au tout dernier moment par le docteur Mortimer et lui-même.

Reconstituer la manière dont la lettre a été composée ne pose guère de problème à Holmes. Demandant à Watson de lui passer le *Times* de la veille, il retrouve tous les mots du message anonyme dans un article sur le libre-échange, à l'exception du mot « lande ». Capable de reconnaître les caractères d'imprimerie de la plupart des grands journaux, et même d'identifier un éditorial du *Times*, Holmes a deviné sans difficulté la source matérielle du message.

Mais il ne s'en tient pas là. Il est également en mesure de dire, en observant la forme des lettres, que le message a été découpé avec des ciseaux à lame courte. Par ailleurs le fait que la plume ait crachoté deux fois au cours d'un seul mot et que l'encre se soit épuisée trois fois tend à indiquer que la lettre a été rédigée dans un hôtel, lieu où les plumes sont de mauvaise qualité et les encriers peu remplis.

5. *Ibid.*, p. 35.

*

La réception de cette lettre anonyme n'est pas le seul événement singulier qui soit arrivé à Henry Baskerville depuis qu'il est à Londres. Pressé par Holmes de lui indiquer les faits les plus anodins, il lui signale que l'une de ses chaussures – il avait placé la paire devant la porte de sa chambre d'hôtel – a disparu pendant la nuit. Holmes n'y prête à ce moment guère d'attention.

Mais le détective manifeste plus d'intérêt le lendemain quand Baskerville lui apprend que non seulement son soulier ne lui a pas été restitué, mais qu'un autre, appartenant à une paire plus usagée, est maintenant introuvable. Le valet de chambre de l'hôtel, convoqué, se révèle incapable d'expliquer cette série de disparitions.

Holmes semble cette fois beaucoup plus inquiet des révélations de Baskerville et tient à ce sujet des propos mystérieux :

> « Monsieur Holmes, pardonnez-moi de vous agacer avec de semblables bagatelles.
> – Je pense qu'elles valent la peine qu'on s'en occupe.
> – Comment ! Vous voilà tout grave...
> – Avez-vous une explication à m'offrir ?
> – Moi ? Mais je n'essaie même pas d'expliquer ! C'est la chose la plus folle, la plus étrange qui, je crois, m'est arrivée.
> – La plus étrange, soit ! dit Holmes en réfléchissant [6]. »

*

Les faits étranges semblent d'ailleurs s'accumuler pendant le séjour à Londres d'Henry Baskerville et du docteur Mortimer. Juste après cet entretien, Holmes et Watson suivent les deux hommes et constatent que ceux-ci

6. *Ibid.*, p. 49.

sont eux-mêmes suivis par un fiacre. Ils se précipitent sur lui, mais son cocher fait accélérer le cheval. À défaut de mettre la main sur son occupant, les deux enquêteurs aperçoivent « une barbe noire hirsute et deux yeux perçants [7] » qui les dévisagent à travers la vitre du fiacre.

Ayant relevé le numéro du véhicule, Holmes convoque le cocher à son domicile. Celui-ci n'est pas en mesure de lui fournir une description précise de son passager, lequel s'est présenté à lui comme étant détective et lui a offert deux guinées pour obéir à ses ordres sans poser de questions. Ils ont ainsi suivi Mortimer et Baskerville entre la gare et le domicile de Holmes avant de prendre la fuite quand ils ont été repérés par celui-ci.

À la gare de Waterloo où il a demandé à être conduit, le mystérieux passager a acquitté la somme promise, puis s'est retourné vers le cocher et lui a lancé : « Peut-être serez-vous content de savoir que vous avez conduit M. Sherlock Holmes [8] ? » Le détective, après avoir éclaté de rire, obtient du cocher une description approximative et décevante de son passager :

> « Et comment décririez-vous M. Sherlock Holmes ? »
> Le cocher se gratta la tête.
> « Ben, c'est que le gentleman n'est pas facile à décrire ! Je dirais qu'il avait une quarantaine d'années, qu'il était de taille moyenne, une dizaine de centimètres de moins que vous, monsieur. Il était habillé comme quelqu'un de bien, il avait une barbe noire, terminée en carré, et une figure pâle. Je ne sais pas si je pourrais trouver autre chose à dire...
> – La couleur de ses yeux ?
> – Je n'en sais rien.
> – C'est tout ?
> – Oui, monsieur [9]. »

7. *Ibid.*, p. 43.
8. *Ibid.*, p. 57.
9. *Ibid.*

*

La lettre anonyme, la disparition de la chaussure et la filature par l'homme barbu ont pour effet, en s'ajoutant aux révélations du docteur Mortimer, de créer dès l'épisode londonien une atmosphère angoissante.

Sur l'ensemble de ces faits mystérieux qui accompagnent l'arrivée à Londres de l'héritier des Baskerville l'enquête de Holmes ne donne pas de résultat. Les recherches faites dans les registres des hôtels ne permettent pas d'identifier l'auteur de la lettre anonyme et le voleur de chaussures reste insaisissable.

Quant à l'étrange barbu, Holmes avait pensé un moment qu'il pouvait s'agir de Barrymore, le serviteur de Charles Baskerville. Aussi lui fait-il parvenir un télégramme anodin – demandant si tout est prêt au manoir pour l'arrivée de Henry –, et envoie-t-il un second télégramme au chef de la poste la plus proche du manoir, exigeant que le premier message soit remis en mains propres à son destinataire. Malheureusement, le télégramme est remis à la femme de Barrymore, ce qui fait échouer le stratagème du détective.

Les recherches faites sur l'héritage ne sont pas plus fructueuses. La fortune et le manoir reviennent à Henry, à l'exception de quelques sommes léguées à des proches, comme le couple Barrymore et le docteur Mortimer, ou à divers individus et à des œuvres de charité. La valeur totale des biens dont hérite Henry approche le million de livres. S'il disparaissait, ces biens reviendraient à un lointain cousin, un clergyman âgé. Le docteur Mortimer l'a rencontré une fois chez Charles. Il a eu l'impression d'« un homme vénérable qui mène une vie de saint [10] » et a refusé de venir s'installer à Baskerville quand Charles le lui a proposé : bref, un homme peu suspect de tuer

10. *Ibid.*, p. 52.

pour de l'argent. Henry, pour sa part, n'a pas encore eu le temps de faire son testament.

*

Nullement découragé par les menaces qui pèsent sur lui, Henry Baskerville décide de rejoindre le manoir familial. Holmes approuve ce projet, mais lui déconseille de s'y rendre seul et trouve insuffisante la compagnie du docteur Mortimer, occupé par sa clientèle de médecin.

Retenu à Londres par sa propre clientèle et par une affaire de chantage, Holmes ne peut accompagner le nouvel occupant du manoir, mais lui suggère les services du docteur Watson, à charge pour ce dernier de tenir scrupuleusement le détective au courant de tous les développements de l'enquête.

CHAPITRE II

SUR LA LANDE

Le docteur Watson se voit ainsi chargé d'accompagner Henry Baskerville et le docteur Mortimer dans le Devonshire, et c'est à lui que revient le soin de mener l'enquête, dont il tiendra informé Holmes, resté à Londres. Il prend donc ses quartiers dans le manoir de Henry Baskerville, qu'il a pour fonction de protéger.

La région dans laquelle arrivent les trois hommes est angoissante, à la fois en raison de l'aridité du paysage, fait de tourbe et de marais, de la fréquence du brouillard et des créatures, humaines ou animales, qui y ont élu domicile. On apprend ainsi qu'y circule un forçat évadé particulièrement dangereux. Par ailleurs, des hurlements mystérieux se font parfois entendre la nuit.

Pendant toute la durée de sa séparation avec Holmes, Watson le tient au courant de ses découvertes en lui envoyant des lettres régulières, lesquelles restent sans réponse, le détective ne donnant pour sa part aucune nouvelle. Ces lettres, qui sont communiquées au lecteur et font donc partie intégrante du roman, permettent à Watson de conserver un lien avec son ami, qui semble pendant longtemps garder ses distances avec l'enquête.

*

Une première piste suivie par Watson est celle des serviteurs du manoir, les Barrymore, qui ne cachent pas leur intention de quitter prochainement la région après la mort de leur maître auquel ils étaient très attachés.

Les soupçons pèsent d'abord sur le mari. Celui-ci, barbu, pourrait être le mystérieux occupant du fiacre qui avait suivi Henry Baskerville à Londres. Les enquêteurs, on l'a vu, ont tenté de s'assurer de sa présence au manoir le jour où Holmes s'est rendu compte de la filature, mais sans pouvoir établir de certitude [1].

Watson a par ailleurs remarqué que Barrymore et sa femme se comportaient la nuit de manière singulière, puisque l'un ou l'autre vient une lampe à la main à proximité d'une fenêtre donnant sur la lande. Watson et Henry entreprennent une nuit de se poster près de la fenêtre et voient le serviteur faire des signaux lumineux, auxquels une réponse est envoyée depuis la lande.

Après avoir refusé de parler sous prétexte que ce secret ne lui appartenait pas, Barrymore finit par expliquer que sa femme est la sœur du forçat Selden, qui s'est échappé de la prison et vit sur la lande. Les signaux lumineux servent à mettre au point les rendez-vous qui permettront de ravitailler l'évadé.

Ayant arraché leur secret aux Barrymore, Watson et Henry décident la nuit même de partir à la poursuite du forçat et s'élancent dans la direction de l'endroit d'où venait la lumière. Ils y trouvent une bougie allumée et aperçoivent une silhouette en train de s'enfuir, mais ne parviennent pas à la rejoindre.

*

1. Arrivé dans le Devonshire, Watson cherche à savoir si le télégramme a été remis en mains propres à Barrymore, mais sans succès.

Une seconde source d'interrogation pour Watson est un couple d'habitants de la lande, les Stapleton. Celui-ci est un naturaliste qui s'est installé dans la région en compagnie de sa sœur, Béryl.

Lors de sa première rencontre avec Watson, profitant d'un moment où son frère s'est éloigné, Béryl se précipite sur Watson, qu'elle prend pour Henry, et le supplie, pour sa sécurité, de s'éloigner de la lande et de retourner à Londres. Dès que son frère est revenu, elle change d'attitude. Un peu plus tard, à nouveau seule avec Watson, elle s'excuse de l'avoir confondu avec Henry et lui demande d'oublier ses paroles. Mais Watson garde l'impression que la jeune femme vit dans la terreur.

À mesure que le livre avance, une idylle se noue par ailleurs entre Henry Baskerville et Béryl Stapleton, idylle dont Watson est tenu au courant par l'héritier du manoir. Celui-ci lui confie qu'il est tombé amoureux de la jeune femme, qu'il croit cet amour partagé et qu'il envisage de l'épouser.

Mais Stapleton vit manifestement mal cette relation et Watson, qui suit discrètement Henry pour le protéger, le voit un jour pris à parti violemment par le naturaliste alors qu'il était en train de courtiser sa sœur. Évoquant cette scène avec Watson, Baskerville lui apprend que Béryl a profité de leur court entretien pour le mettre en garde contre les dangers de la lande et pour le supplier de retourner à Londres.

*

Sur la lande vivent deux autres personnes, éloignées l'une de l'autre mais reliées par des liens de famille, un dénommé Frankland et sa fille, Laura Lyons. Frankland est un vieil homme d'humeur processive, qui multiplie les recours judiciaires contre ses voisins pour les motifs les plus futiles. Il a pris ses distances avec sa fille, qu'il refuse de revoir depuis qu'elle s'est mariée sans son consentement à un peintre, dont elle est maintenant séparée.

Le nom de la jeune fille frappe Watson, qui a appris de Barrymore que Charles s'était rendu le soir de sa mort dans l'allée d'ifs après avoir reçu une lettre mystérieuse signée « L. L. », dont des fragments ont été retrouvés consumés dans la cheminée par madame Barrymore. La lettre se terminait par ces mots : « Je vous en prie, si vous êtes un gentleman, brûlez cette lettre et soyez à dix heures devant la porte[2]. »

Prenant rendez-vous avec Laura Lyons, Watson lui demande si elle est bien l'auteur de la lettre à Charles, ce qu'elle confirme après l'avoir d'abord nié. Elle avait besoin de son aide financière et lui a fixé un rendez-vous aussi tardif parce qu'elle avait appris qu'il partait le lendemain à Londres pour plusieurs mois. Le choix du lieu s'expliquait par la crainte d'être vue seule dans une maison avec un célibataire.

Mais Laura ne s'est finalement pas rendue au rendez-vous, l'aide dont elle avait besoin s'étant révélée inutile, et n'est donc pas en mesure d'expliquer la mort de Charles. Lors de la visite que lui rend Watson, la jeune femme refuse de donner davantage de précisions sur les raisons pour lesquelles la demande de rendez-vous est devenue sans objet.

*

Une autre énigme que doit résoudre Watson est celle de la présence dans la région d'un personnage mystérieux. Il l'aperçoit pour la première fois au moment où il poursuit Selden sur la lande en compagnie d'Henry. Ils distinguent alors en haut d'un pic une longue sil-

2. *Op. cit.*, p. 115.

houette mince, qui se tient « jambes écartées, bras croisés, tête baissée comme s'il méditait sur cet immense désert de tourbe et de granit qui s'étendait derrière lui [3] ». Il ne peut s'agir du forçat, qui s'est enfui dans une autre direction.

La présence de cet homme est confirmée par Barrymore, qui ne l'a pas vu directement, mais en a entendu parler par Selden. D'après le témoignage de celui-ci, le mystérieux individu se cache mais n'est pas lui-même un forçat. Il lui fait plutôt l'impression d'appartenir à la bourgeoisie, et vit dans l'une des vieilles cabanes de pierre que compte la lande, nourri par un jeune garçon qui lui apporte ce dont il a besoin.

Grâce à Frankland, à qui il rend visite et qui observe les environs avec un téléscope, Watson est mis sur la piste de ce jeune garçon, qu'il parvient à apercevoir. Il s'engage dans la même direction et découvre la maison où vit l'inconnu, lequel en est absent. Il s'y installe alors pour l'attendre lorsque résonne à l'extérieur la voix de Holmes : « C'est une magnifique soirée, mon cher Watson ! dit une voix familière. Je crois vraiment que vous serez plus à l'aise dehors que dedans [4]. »

Holmes, qui était donc le mystérieux inconnu, lui explique qu'il est resté à Londres non pour enquêter sur une affaire de chantage, comme il l'avait prétendu, mais pour ne pas prendre le risque d'avertir ses adversaires qu'il était sur leur piste et pour pouvoir mener ses recherches en toute tranquillité. Il a lu les rapports de Watson avec la plus grande attention, mais a préféré ne pas l'informer de sa présence, de peur que son ami ne la révèle involontairement.

Holmes lui communique alors les premiers résultats de son enquête. Il lui apprend que Stapleton a une maî-

3. *Ibid.*, p. 109.
4. *Ibid.*, p. 134.

tresse, Laura Lyons, et qu'il est le mari, et non le frère, de Béryl. Ayant fait des recherches sur le passé du naturaliste, il a découvert qu'il avait dirigé un collège dans le nord de l'Angleterre, qu'il l'avait mené à la ruine et qu'il avait dû s'enfuir.

Stapleton est donc à ses yeux leur ennemi, à la fois l'auteur du meurtre de Charles Baskerville et l'homme qui a suivi à Londres Henry et Mortimer :

> « C'est une affaire de meurtre, Watson : de meurtre raffiné, exécuté de sang-froid, délibéré. Ne me demandez pas de détails. Mes filets sont près de se refermer sur lui, comme les siens menacent de près Henry. Grâce à vous, il est déjà presque à ma merci. Un seul danger peut encore nous menacer : qu'il frappe avant que nous soyons prêts, nous, à frapper[5]. »

*

Le détective ne croit pas si bien dire. Le couple Holmes / Watson s'est à peine reconstitué qu'un nouveau drame survient. Alors qu'ils sont en train de discuter de l'affaire, les deux hommes entendent au loin des cris et des aboiements. Ils se précipitent et découvrent le cadavre d'un homme qu'ils identifient, au vu de ses vêtements, comme celui d'Henry Baskerville.

Holmes est consterné par sa propre négligence et se la reproche en termes vifs, avant de se rendre compte, en retournant le corps, qu'il s'agit en réalité du forçat Selden. Celui-ci était habillé de vêtements donnés par sa sœur, madame Barrymore, qui les avait reçus de Henry, d'où la confusion du détective.

Mais cette confusion aurait également, selon Holmes, causé son décès. Le détective poursuit alors, à l'intention de son ami, l'exposé de ses conclusions. Selden serait

5. *Ibid.*, p. 140.

mort pourchassé par un chien appartenant à Stapleton. Déjà à l'origine de la mort de Charles Baskerville, l'animal aurait été trompé ici par l'odeur en raison de l'échange de vêtements. S'il est convaincu de la culpabilité de Stapleton, Holmes reconnaît que les charges à son encontre sont faibles et qu'il sera difficile de l'inculper. Aussi se garde-t-il d'accuser le naturaliste quand celui-ci, attiré par le bruit, les rejoint sur la lande.

Deux faits viennent cependant conforter la thèse du détective. Le premier est la découverte, peu de temps après, d'une étrange ressemblance entre Stapleton et un portrait d'Hugo Baskerville qui figure à Baskerville Hall. Holmes acquiert ainsi la conviction que Stapleton est en réalité un Baskerville et qu'il tient maintenant le motif du meurtre : le naturaliste chercherait à éliminer ceux qui le précèdent dans l'ordre de succession.

Par ailleurs, Holmes enquête auprès de Laura Lyons à qui il révèle, à la stupéfaction de la jeune femme, que Stapleton est marié. Celle-ci reconnaît alors que la lettre demandant à Charles Baskerville de se rendre dans l'allée d'ifs lui a été dictée par Stapleton, et que celui-ci a finalement décidé d'aller à sa place au rendez-vous, lui demandant ensuite, après la mort de Baskerville, de garder le silence.

*

Incapable, en dépit de tous ces faits convergents, de prouver la culpabilité de Stapleton, Holmes décide de lui tendre un piège. Il annonce aux Stapleton que Watson et lui-même rentrent à Londres et suggère à Henry d'accepter une invitation à dîner chez le couple, invitation à laquelle l'héritier se rendra seul.

Holmes se poste alors en compagnie de Watson à proximité de la maison des Stapleton. En dépit d'un épais brouillard, les deux hommes assistent au repas entre Stapleton et Baskerville, Béryl étant absente de la pièce. Ils voient aussi Stapleton se diriger vers un appentis proche de la maison d'où sortent des bruits énigmatiques.

Puis Henry quitte la maison, surveillé de loin par les deux hommes qui s'efforcent, malgré le brouillard, de ne pas le quitter des yeux. Ils entendent tout à coup un bruit de pas et voient alors se précipiter sur eux un chien énorme dont les yeux jettent de la braise et dont le museau et les pattes sont enveloppés de traînées de flammes. Surmontant leur peur, Holmes et Watson font feu sur l'animal qui, blessé, continue sa course et se jette sur Henry, qu'il prend à la gorge. Mais Holmes vide son chargeur sur le chien, qui tombe mort.

Poursuivant Stapleton, Holmes et Watson arrivent à sa maison. L'homme ne s'y trouve pas, mais ils entendent du bruit à l'étage et découvrent, dans une chambre fermée à clé, Béryl baillonnée et attachée à une poutre, le corps entouré de bandelettes et de draps. Libérée, la jeune femme s'évanouit. Elle déclare que Stapleton s'est probablement enfui dans les marais.

Les deux hommes s'y engagent et ne parviennent pas à le retrouver, mais Holmes aperçoit sur une touffe d'herbes l'une des chaussures que le naturaliste avait dérobées à Baskerville. Ils découvriront plus tard les traces laissées par le chien sur une île au milieu des marais, où Stapleton le tenait enfermé entre ses expéditions.

*

Les dernières pages du livre permettent à Holmes de proposer à Watson une explication complète du drame. C'est selon lui Stapleton qui a tout organisé, avec la complicité passive de sa femme terrorisée. Stapleton est le fils de Rodger Baskerville, frère cadet de Charles Baskerville, mort à l'étranger et que l'on croyait célibataire.

Il a vécu en Amérique du Sud où il a épousé Béryl, l'une des reines de beauté du Costa-Rica, et, après avoir détourné de l'argent, a changé une première fois de nom et pris celui de Vandeleur. Il a fondé ensuite un collège dans le nord de l'Angleterre, et, après que celui-ci « sombra dans une infâme renommée [6] », a changé à nouveau de nom pour celui de Stapleton. Il s'est installé alors dans le Devonshire, où il s'est livré à sa passion pour l'entomologie dont il est un spécialiste éminent.

Il a en effet appris que deux vies seulement le séparaient d'une fortune considérable. Il n'a pas à l'époque d'opinion arrêtée sur la manière de s'en emparer, mais, installé à proximité de la demeure de ses ancêtres, a entrepris de cultiver l'amitié de Charles Baskerville. Se rendant compte que celui-ci est terrifié par la légende du chien, il décide de l'utiliser pour commettre son premier meurtre. Il se procure alors à Londres un chien gigantesque qu'il cache dans les marais en attendant une occasion favorable. Comme celle-ci tarde à venir et qu'il apprend que Charles est sur le point de quitter le manoir, il convainc Laura Lyons de lui demander un rendez-vous la veille de son départ.

Après avoir couvert son chien de phosphore, il se rend avec lui au rendez-vous et se poste près de la porte à claire-voie donnant sur la lande. Le chien, excité par son maître, saute par-dessus la barrière et se précipite sur Charles :

> « Le spectacle dut être affreux de cette énorme bête noire environnée de flammes bondissant à la poursuite de sa proie. Au bout de l'allée il tomba mort de terreur et de faiblesse cardiaque. Le chien avait couru sur la bordure gazonnée tandis que le baronnet s'enfuyait sur le gravier ; voilà pourquoi on ne releva que des traces de pas d'homme. En le voyant étendu immobile, le chien

---

6. *Ibid.*, p. 175.

> s'approcha sans doute, le renifla, et s'écarta du cadavre : d'où les empreintes observées par le docteur Mortimer. Stapleton rappela son chien et il le ramena en toute hâte dans son repaire du grand bourbier de Grimpen [7]. »

Stapleton se penche alors sur le cas de la seconde personne à le séparer de la fortune, Henry Baskerville. Accompagné de sa femme, il entreprend de le surveiller dès son arrivée à Londres. Ayant enfermé Béryl dans une chambre d'hôtel et s'étant déguisé grâce à une fausse barbe, il prend Mortimer en filature. L'essentiel est pour lui de parvenir à se procurer un vêtement appartenant à Baskerville. Sa femme, terrifiée, n'ose pas écrire directement à Henry et se décide, dans l'espoir de le mettre en garde, à recourir à une lettre anonyme.

Grâce à la chaussure subtilisée dans l'hôtel, Stapleton peut mettre au point le second meurtre en précipitant le chien sur le second héritier. Il s'agira moins cette fois de provoquer une crise cardiaque que de l'affaiblir psychologiquement pour le mettre à la merci du monstre. La mort du second Baskerville lui ouvre ainsi la voie de la fortune.

*

Avec la double disparition de l'animal et de son maître se trouve résolue, en tout cas aux yeux de Holmes, l'énigme du chien des Baskerville, et le détective, triomphant et d'une assurance qu'aucun doute ne vient un instant entamer, peut déclarer le mystère éclairci et le dossier clos.

7. *Ibid.*, p. 177.

CHAPITRE III

LA MÉTHODE HOLMES

La méthode utilisée par Sherlock Holmes dans les quatre romans et les cinquante-six nouvelles que lui a consacrés Conan Doyle n'est pas seulement à l'origine, pour une large part, de la renommée de ces textes. Elle a connu un tel succès pour elle-même qu'il y est fréquemment fait référence bien au-delà du domaine littéraire, comme un modèle d'intelligence et de rigueur.

Même si Holmes n'apparaît que peu dans *Le Chien des Baskerville*, c'est bien cette méthode qui lui permet de parvenir à la vérité ou à ce qu'il considère comme tel. Aussi convient-il d'en indiquer les grandes lignes avant de nous interroger sur la manière dont elle est appliquée dans le chef-d'œuvre de Conan Doyle et de formuler nos propres conclusions.

*

La méthode Holmes se trouve exposée, de manière à la fois théorique et pratique, dès la première enquête du détective, *Une étude en rouge*, qui fournit comme une sorte de programme de travail pour tous les autres textes à venir.

C'est dans cette enquête que Watson fait la connaissance de Holmes. Désireux de trouver quelqu'un avec qui partager le loyer d'un appartement londonien, le médecin a entendu parler d'un scientifique qui avait un souhait identique et se présente donc à son domicile en compagnie d'un ami commun :

> « Docteur Watson, M. Sherlock Holmes, dit Stamford en nous présentant l'un à l'autre.
>
> – Comment allez-vous ? » dit-il cordialement.
>
> Il me serra la main avec une vigueur dont je ne l'aurais pas cru capable.
>
> « Vous avez été en Afghanistan, à ce que je vois !
>
> – Comment diable le savez-vous ? demandai-je avec étonnement.
>
> – Ah ! ça... »
>
> Il rit en lui-même [1].

Watson devra en fait attendre plusieurs semaines de cohabitation avec le détective pour connaître les analyses qui ont permis à celui-ci de deviner son séjour en Afghanistan et la méthode qui les sous-tend. Un jour où, ayant lu un article dans une revue qui traînait sur la table, il fait savoir à Holmes qu'il trouve ce texte extravagant, le détective l'informe qu'il en est l'auteur et entreprend de lui exposer sa méthode, non sans être revenu sur l'épisode de l'Afghanistan :

> « Tenez, vous avez paru surpris, quand je vous ai dit, lors de notre première rencontre, que vous veniez de l'Afghanistan.
>
> – On vous l'avait appris, sans aucun doute.
>
> – Non, je le *savais*. Par suite d'une longue habitude, les idées s'enchaînent si vite dans mon esprit que je suis arrivé à la conclusion sans m'être rendu compte des étapes qui y conduisent. Le raisonnement que j'ai fait tout à coup à votre sujet s'explique ainsi : "Voici un monsieur qui a l'air d'un médecin ; il a également l'air d'un militaire ; c'est donc évidemment un médecin militaire. Son visage est brun ; or ce n'est pas la couleur naturelle

1. *Une étude en rouge*, in *Sherlock Holmes*, tome I, Robert Laffont, coll. « Bouquins », 1987, p. 10.

de sa peau puisqu'il a des poignets blancs ; il revient donc des tropiques. Il a souffert de maladies et de privations, comme me l'indique sa mine pas brillante. Il a été blessé au bras gauche, car il le tient avec une raideur qui n'est pas naturelle. À quel endroit des tropiques un médecin de l'armée anglaise a-t-il pu en voir de dures, et être blessé au bras ? Évidemment en Afghanistan." Tout ce raisonnement se déroula en moins d'une seconde. D'où ma remarque qui vous a étonné [2]. »

Si elle est loin d'être la plus intéressante des analyses de Holmes, y compris dans *Une étude en rouge*, la première des déductions du détective – ou plus exactement la première à être publiée – comprend en miniature toutes les données de sa méthode. Et elle présente d'autant plus d'intérêt qu'elle est accompagnée de l'exposé de cette méthode par Holmes lui-même.

Celle-ci est développée par lui alors que Watson reproche à l'auteur de l'article d'être « un oisif qui, étendu dans son fauteuil, développe tous ces brillants paradoxes dans la solitude de son cabinet [3] », mais dont les idées sont inapplicables et qui, enfermé dans un compartiment du métro, serait bien incapable de deviner les métiers de ses compagnons de voyage :

« Je parierais mille contre un qu'il sècherait !

– Vous perdriez, déclara Holmes flegmatiquement. Quant à l'article, c'est moi qui l'ai écrit.

– Vous ?...

– Moi-même. J'ai des dispositions pour l'observation et la déduction. Les idées que j'ai émises là, et qui vous paraissent si chimériques, sont, en réalité, extrêmement pratiques – à telle enseigne qu'elles me servent à gagner mon pain [4] ! »

2. *Ibid.*, p. 20.
3. *Ibid.*, p. 19.
4. *Ibid.*

Observation et déduction, telles sont donc, exposées ici pour la première fois mais souvent reprises dans l'ensemble de l'œuvre, les deux clés de la méthode Holmes, celles qui doivent lui permettre de mener à bien ses enquêtes. Et c'est chacune de ces deux opérations qu'il nous faut étudier avec attention si nous voulons nous faire une idée juste de la méthode créée par Sherlock Holmes et évaluer sa pertinence.

*

Commençons donc par l'observation, laquelle vise à la *recherche d'indices*. Ceux-ci peuvent prendre de multiples formes, mais se laissent ranger dans deux catégories principales : les éléments matériels et les comportements psychologiques.

La catégorie des *éléments matériels* est sans doute celle qui a le plus contribué à faire connaître la méthode Holmes, en popularisant l'image d'un détective, loupe à la main, à la recherche d'indices minuscules susceptibles de lui permettre de reconstituer toute une chaîne de faits éloignés. La plupart de ces éléments sont présents, à un titre ou à un autre, dans *Le Chien des Baskerville.*

Un premier type d'indice est ce que l'on pourrait appeler le signe identificatoire. Il regroupe les différents éléments physiques permettant de reconnaître une personne. Il y est fait recours à deux reprises dans le roman. Pendant le séjour londonien, c'est ce type de signe qu'Holmes convoque pour tenter d'identifier l'homme qui a pris Baskerville en filature. Par ailleurs, c'est la similitude physique entre Stapleton et Hugo Baskerville qui, à la fin du récit, fournit au détective l'élément manquant lui permettant de parvenir à la vérité.

Un second type d'indice, l'un des plus connus, est l'empreinte, c'est-à-dire la trace laissée directement par le corps du criminel. Une empreinte particulièrement fréquente est l'empreinte de pas, humains ou animaux. Ces deux types d'empreintes se retrouvent dans *Le Chien des Baskerville* (Charles Baskerville et le chien en laissent l'un et l'autre) et y jouent un rôle déterminant, puisque leur lecture est décisive dans l'analyse que fait Holmes de la mort de Charles.

Un troisième type d'indice est la trace indirecte laissée par le criminel. L'une d'elles est le tabac, dont le détective, auteur d'un livre sur la question, est un grand spécialiste. Son interprétation des cendres de cigare lui permet ici d'acquérir la certitude que Charles, juste avant sa mort, a stationné un assez long moment devant la porte à claire-voie donnant sur la lande. De manière plus anecdotique, elle lui permet, au moment où il retourne à sa cachette, de deviner que son visiteur est Watson [5].

Quatrième type d'indice, le document écrit. Celui-ci intervient à deux moments essentiels de l'enquête. Au début du livre, l'examen de la lettre anonyme conseillant à Henry Baskerville de ne pas se rendre sur la lande permet à Holmes d'affirmer qu'elle a été écrite dans un hôtel à partir d'un éditorial du *Times* et que l'auteur en est une femme. À la fin du livre, l'étude du fragment de la lettre rédigée par Laura Lyons permet aux enquêteurs de supposer que cette lettre visait à attirer Charles Baskerville dans un piège.

Un cinquième type d'indice concerne les objets, qui ont, pour Holmes, leur vie propre, et sont donc capables de donner des indications précieuses sur leur propriétaire. À ce titre, ils constituent également pour lui des documents écrits. Cette « lecture » des objets n'est pas absente du *Chien des Baskerville*, même si elle est utilisée à des fins anecdotiques. L'étude de la canne laissée par le docteur Mortimer au début du livre dans l'apparte-

5. Une autre forme de trace indirecte est la tache, qui n'apparaît pas dans *Le Chien des Baskerville*.

ment de Holmes aide le détective et son ami à se faire une représentation assez précise de son propriétaire et des circonstances dans lesquelles l'objet lui a été offert. Par ailleurs, l'examen de la tenue de Watson, dans la même scène d'ouverture, permet à Holmes de deviner qu'il a passé la journée dans son club.

*

Mais l'observation des indices ne se limite pas à l'étude des éléments matériels. Elle concerne aussi les *comportements psychologiques*, lesquels peuvent, selon Holmes, être reconstitués avec autant de précision que les faits ayant produit des indices matériels. Si la matière est lisible, la façon dont les individus se comportent, qu'ils se trouvent ou non sous le regard du détective, constitue également une source d'enseignement.

Il est fait allusion à cette étude des comportements dans l'article scientifique de Holmes qui est le motif de sa discussion avec Watson dans *Une étude en rouge* : « L'auteur prétendait qu'il lui suffisait d'une expression fugitive, du mouvement d'un muscle, de l'éclair d'un regard pour deviner les pensées les plus secrètes d'un homme [6]. »

La psychologie est ici à prendre dans un sens large, car les mouvements psychiques ne sont pas seuls en cause, mais tout autant l'ensemble des manières dont les êtres vivants réagissent et s'expriment à leur insu. Dans la scène de rencontre avec Watson, ainsi, c'est l'attitude générale de ce dernier qui permet à Holmes, dès le premier coup d'œil, de deviner sa profession de médecin militaire.

Cette seconde série d'indices est tout aussi importante que la première dans la solution que propose Holmes à la fin du *Chien des Baskerville*. Ainsi prête-t-il attention,

6. *Op. cit.*, p. 18.

dès le début de son enquête, au comportement de la victime, Charles Baskerville, et notamment au fait qu'il ait décidé d'attendre devant la porte donnant sur la lande, puis se soit mis à marcher sur la pointe des pieds en s'éloignant de sa maison. Dans ce cas précis, l'indice matériel se double d'un indice psychologique.

Cette attention au comportement humain est également décisive dans les accusations proférées par Holmes à l'encontre de Stapleton, dont il étudie avec soin les réactions psychologiques. Ainsi, par exemple, commente-t-il en ces termes l'absence apparente de déception du naturaliste, découvrant que l'homme tombé sur la lande n'était pas Henry Baskerville, mais le forçat Selden :

> « Quels nerfs il a, cet homme ! Avez-vous vu comme il a dominé la réaction qui aurait dû le paralyser, quand il s'est rendu compte que ce n'était pas la victime qu'il visait qui était tombée dans son guet-apens [7] ? »

On notera que cette seconde catégorie d'indices ne s'applique pas seulement aux êtres humains, mais aussi aux animaux. Ce cas de figure, minoritaire dans l'œuvre de Conan Doyle, est en revanche au centre du *Chien des Baskerville*, dans la mesure où le héros – et peut-être l'assassin – en est un animal, et où les hypothèses que fait Holmes sur son comportement lors de la mort de Charles Baskerville sont déterminantes pour sa solution de l'intrigue. C'est donc non seulement à la psychologie humaine, mais aussi à la psychologie animale qu'il conviendra ici de nous intéresser.

*

L'autre opération de la méthode Holmes, telle qu'elle est présentée par le détective lui-même, est celle de la

7. *Op. cit.*, p. 148.

déduction. Tout autant que la recherche et l'observation des indices, celle-ci est irréductiblement attachée à la figure du détective et a largement contribué à sa célébrité.

Si on étudie la déduction avec un peu d'attention, on se rend compte qu'elle constitue en fait un mécanisme complexe, qui mérite, pour être tiré au clair, d'être décomposé au moins en deux opérations distinctes, le plus souvent successives même s'il leur arrive d'être simultanées.

La déduction, tout d'abord, ne se fait pas uniquement à partir de l'examen des indices, mais à partir d'un *savoir* préalable que possède le détective, qui seul permet de les rendre lisibles. Les solutions des enquêtes de Holmes reposent en effet sur une vaste culture que le détective a peu à peu constituée et qui lui a même permis de rédiger des brochures spécialisées, par exemple sur les tabacs ou sur les traces de véhicules.

Moins évidente que celle de l'observation, bien que tout aussi décisive, la seconde étape de la méthode Holmes est donc celle de la *comparaison*. La perception des indices comme leur juste lecture ne se font pas isolément, mais par rapport à un ensemble de signes de même nature, sur lesquels Holmes a accumulé un grand nombre d'informations et qu'il est en mesure de faire jouer simultanément.

Plusieurs passages du livre sont révélateurs de la manière comparative dont fonctionne la lecture des indices chez Holmes. Il en va ainsi de la lettre anonyme reçue par Henry Baskerville au début du livre, dont Holmes est rapidement à même de montrer qu'elle a été écrite à partir de caractères d'imprimerie prélevés dans un article du *Times*. L'échange que Holmes soutient alors avec le docteur Mortimer, admiratif devant les résultats du détective, est significatif de la place de la comparaison dans sa méthode :

« Réellement, monsieur Holmes, ceci dépasse tout ce que j'aurais pu imaginer ! fit le docteur Mortimer en contemplant mon ami avec stupéfaction. Je pouvais comprendre qu'on me dise que les mots ont été découpés dans un journal ; mais que vous ayez cité lequel et que vous ayez indiqué l'article précis, voilà l'une des choses les plus remarquables que j'aie jamais vues. Comment y êtes-vous arrivé ?

– Je présume, docteur, que vous pourriez distinguer le crâne d'un Nègre de celui d'un Esquimau.

– Évidemment !

– Mais comment y arriveriez-vous ?

– Parce que c'est ma spécialité. Les différences sautent aux yeux. La crête supra-orbitaire, l'angle facial, le dessin du maxillaire, le...

– Mais ma spécialité à moi est cela, et les différences sautent également aux yeux. Je vois autant de différences entre les caractères bourgeois d'un article du *Times* et l'impression déplorable d'un journal du soir que vous en percevez entre votre Esquimau et votre Nègre. La connaissance des caractères d'imprimerie est indispensable à tout expert en criminologie. Pourtant je confesse que dans ma jeunesse il m'est arrivé de confondre le *Leeds Mercury* avec le *Western Morning News*. Mais un éditorial du *Times* est tout à fait identifiable, et ces mots ne pouvaient pas avoir été pris ailleurs [8]. »

La comparaison est donc bien au cœur de la lecture de l'indice, puisqu'elle contribue à lui donner un sens en le rapprochant d'autres indices similaires, mais aussi en le séparant de ceux avec lesquels il présente des différences. En cela, c'est à chaque fois une pluralité de signes qui se trouvent mobilisés dans chaque lecture d'indices, et non, comme on pourrait le croire, un signe isolé.

*

8. *Ibid.*, p. 37.

Si toute déduction repose sur un savoir et comporte une part de comparaison – permettant de confronter l'indice à d'autres indices –, elle implique aussi une autre opération visant cette fois à comprendre comment l'indice s'est formé et donc à reconstituer sa genèse. Cette seconde opération, que l'on pourrait aussi qualifier d'analytique, est appelée par Holmes, dans *Une étude en rouge*, le « raisonnement à rebours » :

> « Pour résoudre un problème de cette nature, le principal est de savoir raisonner à rebours. C'est un art très utile, qui est peu pratiqué. On le néglige parce que la vie de tous les jours fait appel plus souvent au raisonnement ordinaire. Pour cinquante personnes capables d'un raisonnement synthétique, à peine en est-il une qui sache faire un raisonnement analytique.
>
> – Je ne vous suis pas trop bien, avouai-je.
>
> – J'aurais été surpris du contraire... Voyons si je peux m'expliquer plus clairement. Je suppose que vous racontiez une série d'événements à un groupe de personnes, et que vous leur demandiez de vous en dire la suite ; elles les repasseront dans leur esprit et la plupart d'entre elles trouveront ce qui en découle. Maintenant, le contraire : vous leur donnez d'abord la fin d'une autre série d'événements ; combien pourront en inférer la série ? Fort peu. C'est cette dernière opération que j'appelle le raisonnement analytique ou le raisonnement à rebours [9]. »

Le raisonnement à rebours est omniprésent dans *Le Chien des Baskerville* comme dans l'ensemble des enquêtes de Holmes, et intervient au niveau de la lecture de chacun des indices. C'est lui par exemple qui permet à Holmes de supposer que la modification des traces laissées par Charles Baskerville tient au fait qu'il s'est mis à courir.

Mais le raisonnement à rebours est tout aussi déterminant, au-delà de la lecture isolée de chaque indice,

9. *Une étude en rouge*, *op. cit.*, p. 99.

dans la tentative pour proposer une version globale de ce qui s'est passé. C'est l'association du visage brun, de la blessure au bras gauche et de l'apparence de médecin militaire qui conduit Holmes à la conclusion que Watson revient d'Afghanistan. C'est de même l'association de toute une série d'indices (témoignage du docteur sur les traces d'un chien, mort de Selden, témoignage de Laura Lyons, ressemblance de Stapleton avec les Baskerville, témoignage de Béryl Stapleton, etc.) qui le mène jusqu'à sa construction finale.

Le raisonnement à rebours est l'autre opération constitutive de la lecture des indices, qu'il rend possible par son association étroite avec la comparaison. Alors que celle-ci ouvre à une première lecture très générale de l'indice, le raisonnement à rebours affine cette proposition en restituant la manière singulière dont il s'est constitué, et en lui conférant par là un sens véritable.

*

Telle qu'on la voit à l'œuvre dans le texte inaugural comme dans l'ensemble des enquêtes, la méthode Holmes repose donc sur trois opérations, à savoir l'observation, la comparaison et le raisonnement à rebours.

Comme l'indique bien le détective dans sa conversation avec Watson, l'observation, la comparaison et le raisonnement à rebours se déroulent parfois tous les trois en même temps (« Par suite d'une longue habitude, les idées s'enchaînent si vite dans mon esprit que je suis arrivé à la conclusion sans m'être rendu compte des étapes qui y conduisent. [...] Tout ce raisonnement se déroula en moins d'une seconde [10] »). Il demeure qu'il est souhaitable de bien séparer les trois opérations

10. *Ibid.*, p. 20.

constitutives de la méthode Holmes si l'on veut en étudier le fonctionnement.

Ainsi présentée, cette méthode offre toutes les apparences de la rigueur, puisqu'elle repose sur la logique et s'appuie sur les découvertes de la science. Il nous arrivera à nous aussi de l'utiliser, notamment en recourant à la psychologie animale et au raisonnement à rebours. Holmes peut-il être assuré pour autant, en s'y fiant, de parvenir jusqu'à la vérité ? Rien, nous allons le voir, n'est moins sûr.

CHAPITRE IV

LE PRINCIPE D'INCOMPLÉTUDE

Passant pour un modèle de rigueur scientifique, au point d'avoir inspiré certains enseignements délivrés dans les écoles de police, la méthode Holmes est loin d'avoir toujours les effets escomptés. Et un examen sans concession des résultats auxquels elle mène, sur l'ensemble des années d'activité du détective, conduit à des conclusions nuancées, en rupture avec l'image de réussite qui s'attache traditionnellement à ses exploits et avec l'autosatisfaction sans faille dont il fait preuve.

*

Il n'est d'abord pas anodin que les faiblesses de la méthode Holmes soient, comme en exergue à l'enquête, mises en évidence dès le prologue, lors de la première rencontre avec le docteur Mortimer. Celui-ci est passé la veille chez le détective, et, en son absence, y a laissé sa canne. En attendant une nouvelle visite de leur futur client, dont ils ne savent encore rien, Holmes et Watson s'amusent à appliquer à cet objet inconnu la méthode du détective.

C'est d'abord à Watson de se livrer à toute une série de déductions à propos d'indices prélevés sur la canne. Il déduit de la présence d'inscriptions que celle-ci est un cadeau offert à un médecin d'un certain âge, et de son mauvais état que son propriétaire est un médecin de campagne visitant à pied ses malades. Les initiales gravées le conduisent à penser que le cadeau lui a été fait par les membres d'une société locale de chasse.

Ironique, Holmes félicite Watson de ses capacités avant de lui expliquer qu'il s'est trompé sur la plupart des points. Il reconnaît que le visiteur est sans doute un médecin de campagne et un grand marcheur, mais conteste les autres déductions de son ami. Ainsi un cadeau fait à un médecin a plus de chances de venir d'un hôpital que d'une société de chasse et il est légitime de supposer, le départ s'étant effectué vers la campagne où les postes sont moins intéressants, qu'il s'agit d'un médecin jeune.

Mais s'il conteste les déductions de son ami et parvient à un certain nombre de résultats, Holmes se trompe également lui-même, au moins sur un point. Ce n'est pas pour s'installer à la campagne, mais pour se marier que le docteur Mortimer a quitté l'hôpital, information qui conduit le détective, dès le début du livre, à reconnaître son erreur :

> Quand il entra, et qu'il aperçut sa canne dans les mains de Holmes, il poussa un cri de joie.
>
> « Je suis si content ! Je me demandais si je l'avais oubliée ici ou à l'agence maritime. Pour rien au monde je ne voudrais la perdre.
>
> – Un cadeau, à ce que je vois ? dit Holmes.
>
> – Oui.
>
> – Du Charing-Cross Hospital ?
>
> – De quelques amis que j'avais là, à l'occasion de mon mariage.
>
> – Mon Dieu, mon Dieu, comme c'est bête ! » soupira Holmes en secouant la tête.
>
> Ahuri, le docteur Mortimer le contempla à travers ses lunettes.
>
> « Pourquoi est-ce bête ?
>
> – Oh ! vous avez simplement bouleversé nos petites déductions ! Vous avez bien dit : mariage ?

– Oui, monsieur. Je me suis marié, et j'ai quitté l'hôpital. Il fallait que je m'établisse à mon compte.

– Allons, allons, nous ne nous étions pas tellement trompés ! dit Holmes [1]. »

Malheureusement, l'erreur initiale de Holmes sur les raisons pour lesquelles le docteur Mortimer a quitté l'hôpital n'est pas la seule qu'il commet dans le livre.

D'autres ont des conséquences beaucoup plus graves. Il en va ainsi, si l'on croit en la culpabilité de Stapleton, de la lenteur avec laquelle Holmes interpelle le suspect, permettant à celui-ci de commettre un nouveau meurtre. Devant le cadavre de Selden, qu'il prend – nouvelle erreur – pour celui de Baskerville, et alors que Watson se reproche d'avoir perdu de vue celui qu'il était chargé de protéger, Holmes prend sur lui, non sans raison, la responsabilité de cette négligence :

> « Je suis plus à blâmer que vous, Watson. Afin d'avoir un dossier complet et bien établi, j'ai sacrifié la vie de mon client. C'est le coup le plus dur de toute ma carrière. Mais comment pouvais-je savoir… ? Comment aurais-je pu prévoir qu'il se risquerait seul sur la lande malgré mes avertissements [2] ? »

Que Holmes, comme nous le montrerons, se trompe du tout au tout sur le nom de l'assassin ne l'innocente pas de la légèreté dont, à juste titre, il s'accuse ici. Même si l'erreur est d'un autre ordre que les autres puisqu'elle ne relève pas de la déduction, elle repose sur une mauvaise évaluation de la psychologie du criminel et figure donc bien au passif du détective.

Incapable de protéger Baskerville une première fois, Holmes l'est tout autant dans la scène finale où il fait courir les plus grands risques à son protégé, lequel manque de peu de se faire égorger par le chien. Si l'erreur là

1. *Op. cit.*, p. 10.
2. *Ibid.*, p. 143.

non plus n'est pas à proprement parler intellectuelle, Holmes laisse à nouveau entrevoir sa difficulté à tenir compte de la réalité et à y adapter intelligemment sa conduite.

*

Ces maladresses ne sont pas faites pour surprendre. Dans l'ensemble des soixante œuvres du « canon » holmesien les erreurs sont innombrables, illustrant toutes les faiblesses de la méthode Holmes et en relativisant beaucoup la prétendue scientificité. Erreurs de deux types, soit que Holmes se trompe – dans la conduite de l'action ou dans le raisonnement –, soit qu'il ne parvienne pas à la solution.

Dans « Un scandale en Bohème », ainsi, un des tout premiers textes, Holmes connaît un échec cinglant et se fait complètement manipuler [3]. Il ne retrouve pas les criminels dans « Le pouce de l'ingénieur » [4]. Il fait preuve de négligence dans « Les cinq pépins d'orange » [5] et dans « Le pensionnaire en traitement » [6], où il laisse commettre des crimes et échapper les assassins, dans « La cycliste solitaire » et dans « L'interprète grec », où il ne peut empêcher des enlèvements [7], dans « L'illustre client » où il ne prévient pas une attaque contre lui-même et la défiguration d'un criminel [8], dans « Les Trois-pignons », où il ne voit venir ni un cambriolage décisif, ni la destruction d'un manuscrit [9].

3. Holmes est battu par une femme, Irène Adler, qui a toujours un temps d'avance sur lui et devine tout ce qu'il va faire. Voir *Sherlock Holmes*, I, *op. cit.*, p. 231-233.

4. *Ibid.*, I, p. 399.

5. *Ibid.*, I, p. 617-621.

6. *Ibid.*, I, p. 312 et 314.

7. *Ibid.*, I, p. 635 et 769.

8. *Ibid.*, II, p. 311 et 318.

9. *Ibid.*, II, p. 382 et 388.

À ces erreurs de tactique il convient d'ajouter un grand nombre d'erreurs de raisonnement. Holmes reconnaît à la fin du « Ruban moucheté » que sa première conclusion était « entièrement erronée [10] » et à la fin de « La crinière du lion », où la solution ne lui vient que grâce à un souvenir de lecture, qu'il a « progressé de travers » tout au long de son enquête [11]. Dans « L'homme à la lèvre tordue », il annonce à tort la mort d'un homme à sa femme [12]. Dans « Les plans du Bruce-Partington », ce n'est pas le suspect attendu qui se présente dans la souricière [13]. Dans « La disparition de lady Frances Carfax », il ouvre de force un cercueil sans y trouver la personne recherchée [14] et reconnaît l'« éclipse provisoire à laquelle peut être sujet l'esprit le plus équilibré qui soit [15] ». Dans « Un trois-quarts a été perdu ! », il passe complètement à côté de la vérité [16] et, dans « La figure jaune », se trompe du début à la fin, au point de se référer ensuite à cette affaire comme à un modèle d'erreur [17].

L'idée qu'il arrive à Holmes lui-même de commettre des erreurs [18] a pour conséquence d'abolir toute instance

10. *Ibid.*, I, p. 379.
11. *Ibid.*, II, p. 469.
12. *Ibid.*, I, p. 327.
13. *Ibid.*, II, p. 606.
14. *Ibid.*, II, p. 640.
15. *Ibid.*, II, p. 644.
16. *Ibid.*, I, p. 900-919.
17. « Watson, si jamais vous avez l'impression que je me fie un peu trop à mes facultés, ou que j'accorde à une affaire moins d'intérêt qu'elle ne le mérite, alors ayez la bonté de me chuchoter à l'oreille : "Norbury !" Je vous en serai toujours infiniment reconnaissant » (*Ibid.*, I, p. 513). James Mc Cearney note que « sur les vingt-quatre nouvelles publiées entre juillet 1891 et décembre 1893, une bonne demi-douzaine se soldent par un échec partiel ou total » (*Arthur Conan Doyle*, La Table ronde, 1988, p. 152).
18. Indépendamment des erreurs, il arrive que des éléments majeurs lui échappent. Cela peut aller d'une des clés de l'intrigue – comme un lien de parenté majeur dans « L'école du prieuré » (*Ibid.*, I, p. 801-802) – à tout un secret – comme dans « Le Gloria-Scott » (*Ibid.*, I, p. 532-550).

supérieure chargée de décider du vrai et du faux, et donc de rendre la vérité définitivement instable. Que celui qui est censé dire le vrai puisse se tromper a en effet pour conséquence qu'il peut tout aussi bien, quand il croit avoir rectifié son erreur, être simplement tombé dans une autre, et que la totalité des solutions de ses enquêtes se trouve alors sujette à caution.

Si les erreurs de Holmes sont productrices d'incertitude, il existe par ailleurs un certain nombre d'affaires qui demeurent irrésolues, soit partiellement, soit en totalité. Ces énigmes sont donc indécidables dans la mesure où, loin de se refermer sur une solution univoque, elles ouvrent à des hypothèses multiples. À la fin du « Rituel des Musgrave », ainsi, Holmes reconnaît qu'un détail important ne pourra jamais être élucidé [19]. C'est également le cas à la fin de « L'entrepreneur de Norwood », où les détectives se révèlent incapables d'expliquer un indice essentiel [20], dans « Les hommes dansants », où le doute persiste quant à l'auteur d'un coup de feu [21] et dans « Les six Napoléons », où demeure obscure la manière dont un voleur est entré en possession d'un bijou [22].

Dans d'autres textes, l'indécidabilité ne concerne pas tel ou tel détail de la construction d'ensemble, mais la construction elle-même, qui, bien que satisfaisante, n'interdit pas à d'autres hypothèses de coexister. Dans « L'entrepreneur de Noorwood », c'est Holmes lui-même qui fait remarquer qu'une demi-douzaine de théories cadrent avec les faits [23]. Dans « Peter le Noir », de même, il étudie plusieurs hypothèses différentes, avec

19. *Ibid.*, I, p. 568.
20. *Ibid.*, I, p. 733.
21. *Ibid.*, I, p. 754.
22. *Ibid.*, I, p. 859.
23. *Ibid.*, I, p. 720.

lesquelles il prend plaisir à jouer avant de se rallier à l'une d'entre elles [24].

*

Cette incertitude quant à la solution des enquêtes n'a en réalité rien d'étonnant. Trois éléments de la méthode Holmes conduisent en effet à ouvrir beaucoup plus largement que ne le fait le détective le spectre des conclusions possibles.

Le premier élément est la manière dont les indices sont relevés. Loin d'être des éléments stables sur lesquels s'exercerait après coup le processus déductif, les indices de la méthode Holmes relèvent largement d'un acte de création. Pour qu'il y ait indice, il faut qu'il y ait préalablement sélection à l'intérieur du champ infini des signes dont la réalité est virtuellement porteuse. Ce qui va être déclaré indice ne se présente pas en tant que tel dans une évidence indiscutable, mais à la suite d'un double mouvement de choix et de nomination.

Ce point apparaît nettement à propos de l'« indice » principal que le docteur Mortimer apporte à Holmes lors de leur première rencontre, les traces de pas d'un chien gigantesque, signe négligé par les enquêteurs :

> J'avoue qu'à ces mots je ne pus réprimer un frisson. La voix du médecin avait tremblé ; sa confidence l'avait profondément remué. Très excité, Holmes se pencha en avant : son regard brillait d'une lueur dure, aiguë, que je lui connaissais bien.
> « Vous avez vu cela ?
> – Aussi nettement que je vous vois.
> – Et vous n'avez rien dit ?
> – À quoi bon ?

24. *Ibid.*, I, p. 819-822. Une liste des échecs de Holmes dans les histoires non contées par Watson figure au début du « Problème du Pont de Thor » (*Ibid.*, II, p. 407).

– Comment se fait-il que personne d'autre ne l'ait vu ?
– Les empreintes se trouvaient à une vingtaine de mètres du corps ; personne ne s'en est soucié. Si je n'avais pas connu la légende, je ne m'en serais pas soucié davantage[25]. »

Les enquêteurs ont donc bien vu les empreintes du chien sans s'en soucier. Ainsi ce qui est indice pour l'un ne l'est-il pas nécessairement pour l'autre. Et l'indice ne se constitue comme tel que pour faire partie d'une histoire plus générale, d'une construction d'ensemble dont dispose celui qui prend la décision de lui donner ce statut.

Que l'indice soit sélection a pour conséquence qu'une quantité d'éléments de la réalité littéraire forment des indices virtuels que la construction choisie laisse de côté sans leur conférer ce privilège. On peut ainsi penser que les enquêteurs sont passés à côté d'une multitude de signes qui auraient pu devenir des indices et ne figurent pas dans le texte, faute d'avoir été transmis par le docteur Mortimer. Par ailleurs, pour nous en tenir aux signes dont nous avons connaissance, nous verrons que le texte en délivre toute une série qui ne se voient pas dotés de ce statut et dont la lecture adéquate peut modifier sensiblement la construction d'ensemble.

*

Si l'indice est sélection, il est aussi interprétation, et donc pluralité de sens possibles. Le second élément d'ouverture de la méthode Holmes tient à la confusion subtilement entretenue entre la loi scientifique et la généralité statistique.

Fondées le plus souvent sur des récurrences statistiques, les déductions de Holmes omettent que ces récur-

25. *Op. cit.*, p. 24.

rences n'ont aucun caractère contraignant sur la réalité et laissent à chaque fois ouverte la possibilité d'exceptions, puisqu'elles ne font que dessiner la figure de probabilités.

Ainsi est-il tout à fait excessif, comme le fait Holmes, de parler de « déduction » (« comme l'a déduit de la cendre du cigare le docteur Mortimer [26] ») à propos de l'hypothèse avancée par le docteur sur les liens entre la grosseur du tas de cendres devant la porte à claire-voie et la présence prolongée de Charles Baskerville à cet endroit.

Ce qui se glisse entre la loi scientifique et la généralité statistique est en effet le sujet individuel, lequel, en tant qu'objet d'enquête, relève certes de la statistique – qui peut l'inscrire dans des séries probables de répétitions –, mais nullement d'une loi scientifique, et garde entière, en chaque circonstance, une part de liberté par laquelle il échappe à la compréhension.

Un suspect ne saurait ainsi s'affranchir, pour se disculper, de la loi de la pesanteur et affirmer qu'il s'est échappé du lieu du crime en s'envolant. Mais la double déduction de Mortimer et de Holmes ne relève pas de ce cas de figure. Il est vrai que dans de nombreux cas un tas de cendres volumineux signifie une immobilisation du fumeur, mais il peut tout autant signifier qu'il a attendu longtemps avant de secouer son cigare. Il est vrai également que la station prolongée dans le froid peut être motivée par un rendez-vous, mais elle peut aussi s'expliquer si Baskerville était plongé dans sa réflexion ou s'il a aperçu quelque chose qui l'intéressait.

C'est le sujet humain en général, et le sujet de l'inconscient en particulier, qui se glisse dans cette marge entre la loi scientifique et la régularité statistique, et échappe de ce fait à la méthode Holmes, laquelle fonctionne par-

26. *Ibid.*, p. 33.

faitement, et avec une grande élégance, sur des abstractions, mais n'est pas nécessairement adaptée à résoudre les problèmes individuels complexes auxquels se trouve confrontée la police.

*

Le troisième élément d'ouverture de la méthode Holmes tient à la méconnaissance de la place du sujet de la lecture dans la construction d'ensemble. Pseudo-scientifique, cette méthode élimine le facteur psychologique chez les acteurs des énigmes qu'elle tente de résoudre. Mais elle élimine tout autant ce facteur chez l'enquêteur, alors même qu'il est déterminant.

Ce facteur psychologique joue un rôle éminent dans la construction d'ensemble qui permet à l'enquêteur non seulement d'interpréter des indices, mais même de les constituer comme tels. Or cette construction, qui recoupe celle du docteur Mortimer, est à l'évidence présente chez Holmes, au moins de manière partielle, dès le début de l'enquête.

L'hypothèse du détective repose sur une figure et un mobile. La figure est celle de l'assassin au chien, un criminel qui se servirait à la fois de la légende et d'un animal pour commettre ses meurtres. On notera que cette construction en élimine d'autres, par exemple celle de l'accident – retenue par les enquêteurs – ou celle d'un meurtre commis d'une manière différente. Elle aimante très tôt vers son pôle d'attraction toute une série d'« indices », comme les traces de pas d'animal, qui ne seraient pas nécessairement retenus dans le cadre d'autres constructions.

Il est clair par ailleurs que dès le départ Holmes privilégie un mobile dans la sélection et l'interprétation des indices, à savoir l'intérêt financier. Celui-ci n'est évidemment pas à négliger lorsque la victime possède une grande fortune, mais il n'est pas le seul pour lequel des êtres humains commettent des meurtres et il a pour inconvénient de laisser dans l'ombre d'autres explications possibles du drame de Baskerville Hall.

Or l'ensemble de cette construction est pris dans un imaginaire qui est d'abord celui de Holmes, même si elle trouve à s'alimenter dans les imaginaires de ses proches. Un imaginaire qui, bien que le détective s'en défende – Holmes ne croit pas à la légende du chien chargé d'appliquer la malédiction –, reste étroitement dépendant d'une vision fantastique de la réalité, simplement déplacée du chien vers l'assassin au chien.

Non seulement il y a donc un imaginaire à l'œuvre derrière la construction de Holmes, mais on peut penser que celui-ci n'est véritablement actif que parce qu'il est animé par l'ensemble d'une fantasmatique privée – déterminée à la fois par le sexe et la place sociale du détective –, qui organise, et donc perturbe, sa manière de voir le monde.

*

Loin d'être un système fermé, la méthode Holmes laisse ainsi subsister, tant au niveau ponctuel des indices qu'à celui de la construction d'ensemble, des solutions alternatives [27]. Et c'est paradoxalement sa richesse qui la conduit à l'incertitude.

Celle-ci est en effet la rançon de l'ingéniosité de Holmes. Son goût pour les solutions complexes et surprenantes fait qu'il est toujours possible de trouver de nouveaux indices et de les mettre au service d'une autre construction d'ensemble plus inventive que celle du détective.

---

27. Voir aussi sur ce point les analyses d'Umberto Eco in *Les Limites de l'interprétation*, Le Livre de poche, 1992, p. 245-248.

Et dès lors que *Le Chien des Baskerville* s'ouvre sur une erreur d'interprétation de Holmes, il est inévitable de se demander si celle-ci ne préfigure pas une erreur plus globale, portant sur l'ensemble du roman, et si, se glissant dans la marge étroite entre loi scientifique et généralité statistique, un assassin n'en aurait pas profité pour échapper à la police et pour couler depuis, en toute impunité, des jours paisibles.

CONTRE - ENQUÊTE

CHAPITRE PREMIER

QU'EST-CE QUE LA CRITIQUE POLICIÈRE ?

C'est pour tenir compte de ce type de problèmes dont la méthode utilisée par Sherlock Holmes est emblématique que j'ai créé il y a une dizaine d'années ma propre méthode d'enquête à laquelle j'ai donné le nom de *critique policière*. Celle-ci vise à tenter d'être plus rigoureux que les détectives de la littérature et les écrivains, et à élaborer des solutions plus satisfaisantes pour l'esprit. Avant de l'appliquer au plus célèbre des romans de Conan Doyle je me propose de la présenter rapidement en évoquant les circonstances de sa création et en expliquant ses principes.

*

Le premier élément déterminant dans la fondation de la critique policière a été *Œdipe roi* de Sophocle, ou plus précisément la lecture de travaux de critiques américains – comme Sandor Goodhart ou Shoshana Felman – qui mettaient en doute la version traditionnelle de l'assassinat de Laïos par Œdipe. Prêtant attention aux contradictions du texte de Sophocle, les deux auteurs, qui s'inspirent de remarques ironiques de Voltaire sur la vraisemblance de l'intrigue, en arrivaient à la conclusion qu'il n'était nullement avéré qu'Œdipe se soit rendu coupable du crime dont il finit par s'accuser [1].

L'un des éléments qui posent problème est le nombre des agresseurs de Laïos. Le seul témoin du meurtre, un serviteur du roi, a déclaré que son maître avait été tué par plusieurs personnes et n'a jamais varié dans ses affirmations. Or, une fois qu'Œdipe s'est convaincu lui-même de sa culpabilité, le témoin n'est pas rappelé alors que son témoignage est en contradiction flagrante avec les résultats de l'enquête. Étrange oubli qui encourage toutes les supputations, dont celle de l'innocence de l'accusé.

On imagine toutes les conséquences que pourrait avoir l'établissement de l'innocence d'Œdipe. Pour ne prendre qu'un exemple, l'une des théories les plus importantes de notre époque, la psychanalyse, se fonde largement sur ce mythe antique et la conviction qu'Œdipe a tué son père. La théorie élaborée par Freud ne s'effondrerait certes pas dans l'hypothèse de l'innocence du héros grec, mais n'en sortirait pas complètement indemne. En effet, alors même que certains spécialistes de mythologie comme Jean-Pierre Vernant ont depuis longtemps émis des doutes sur le caractère œdipien du crime – cette qualification reposant sur un anachronisme –, la relecture américaine met en cause cette fois l'existence même de l'acte.

La découverte de ces travaux constitua pour moi une révélation. Ma seule réserve fut qu'ils ouvraient une voie de recherche sans aller assez loin. Les critiques américains se contentaient de relever les invraisemblances du texte de Sophocle, voire de suggérer qu'Œdipe n'avait pas nécessairement tué Laïos. Leur approche était donc simplement négative. Ils ne se proposaient pas de passer

1. Voir Shoshana Felman, « De Sophocle à Japrisot (via Freud), ou pourquoi le policier ? », *Littérature*, Larousse, 1983, n° 49.

à l'étape suivante qui pourtant s'imposait et, de manière plus constructive, de résoudre l'énigme policière ouverte par leur lecture, en démasquant le véritable assassin.

Telle est en effet la différence majeure qui sépare la critique policière, non seulement des autres travaux fondés sur des enquêtes, mais de l'ensemble de la critique littéraire, à savoir son *interventionnisme*. Alors que les autres démarches se contentent le plus souvent de commenter les textes de façon passive, quels que soient les scandales qui s'y déroulent, la critique policière intervient de manière active, en refusant de s'en rendre complice. Elle ne se contente pas de relever les faiblesses des textes et de jeter le doute sur les assassins présumés, mais a le courage d'en tirer toutes les conséquences en recherchant les criminels.

Là se situe le postulat majeur de la critique policière : de nombreux meurtres racontés par la littérature n'ont pas été commis par ceux que l'on a accusés. En littérature comme dans la vie, les véritables criminels échappent souvent aux enquêteurs et laissent accuser et condamner des personnages de second ordre. Éprise de justice, la critique policière se donne donc comme projet de rétablir la vérité et, à défaut d'arrêter les coupables, de laver la mémoire des innocents.

*

Ces postulats théoriques posés, il convenait d'aller plus loin et Agatha Christie offrait pour cela un terrain favorable, par la réputation qu'elle a acquise dans le domaine du roman policier comme par la qualité littéraire de son œuvre. Il eût en effet été trop facile de démontrer que des criminels impunis se dissimulent dans les livres en prenant l'exemple d'une œuvre qui n'a pas été conçue à l'origine dans une perspective policière.

La démonstration avait d'autant plus de chance d'être convaincante que le livre d'Agatha Christie sur lequel je décidai de travailler – *Le Meurtre de Roger Ackroyd* – passait pour un chef-d'œuvre de rigueur [2]. Ce roman tire sa célébrité du fait que l'assassin en serait le narrateur. Ce dernier, le docteur Sheppard, qui tient son journal, raconte comment il est associé à l'enquête que mène le détective Hercule Poirot à propos de l'assassinat d'un hobereau de village, Roger Ackroyd. Mais, selon Poirot, le docteur omettrait dans son récit de préciser qu'il est lui-même le criminel et qu'il a exécuté Ackroyd pour l'empêcher de l'accuser publiquement d'être un maître-chanteur. Dans les dernières pages du livre, Hercule Poirot, triomphant, se tournant vers Sheppard, l'accuse d'avoir commis le meurtre et l'incite à se suicider.

L'idée géniale de faire raconter une enquête par l'assassin lui-même a assuré la célébrité du livre, mais a éclipsé dans le même temps toute une série de problèmes concrets. Je ne reviendrai pas ici sur l'ensemble des contradictions du texte, mais aucun enquêteur sérieux ne peut plus aujourd'hui accepter sans sourciller les conclusions d'Hercule Poirot. Bref, l'ingéniosité du procédé narratif a détourné les lecteurs de la seule question qui vaille pour la critique policière, plus prosaïque peut-être que la réflexion sur la narration, mais plus conforme à l'éthique, celle de savoir qui a *effectivement* tué Roger Ackroyd.

Pour prendre un exemple simple des problèmes que pose le texte, l'assassin présumé, le docteur Sheppard, est censé, afin de se donner un alibi, utiliser un magnétophone à déclenchement automatique. Conçu sur le principe du radio-réveil, l'appareil, en se mettant de lui-même en marche dans le bureau de la victime, ferait entendre la voix de celle-ci aux autres occupants de la

2. Voir *Qui a tué Roger Ackroyd ?*, Minuit, 1998.

maison à un moment où Sheppard l'a déjà quittée et prouverait ainsi son innocence. Arrivé le matin sur les lieux où l'appelle le majordome de la victime, Sheppard aurait donc discrètement fait disparaître l'appareil qui l'innocente.

Outre que celui-ci n'est jamais retrouvé par personne – ce qui est regrettable pour une pièce à conviction –, le raisonnement de Poirot se heurte à une impossibilité matérielle. Fabriquer un objet aussi sophistiqué, surtout en 1926 où il marque une avancée technologique, prend du temps et c'est seulement le matin du meurtre que Sheppard apprend qu'Ackroyd s'apprête à l'accuser de chantage. Il ne dispose donc que de quelques heures pour s'organiser. Or nous possédons son emploi du temps précis pendant la journée, corroboré par plusieurs témoins, et celui-ci ne laisse apparaître aucun intervalle de temps suffisant pour fabriquer un tel appareil. Quand Sheppard est-il donc censé l'avoir fait [3] ?

Une invraisemblance de ce type – et elle est loin d'être la seule dans la solution de Poirot – jette un doute sur la culpabilité de l'assassin présumé. Mais je ne me suis pas contenté de contester les conclusions du détective. J'ai entrepris, en rouvrant le dossier, de rechercher le véritable criminel. S'il est difficile d'accuser quelqu'un avec certitude après tant d'années, le faisceau d'indices que j'ai réunis conduit inéluctablement vers une seule et même personne, et j'en ai donné le nom dans les toutes

3. Pour me limiter à un second exemple, Sheppard est censé avoir tué Ackroyd parce que celui-ci s'apprêtait à révéler qu'il faisait chanter depuis des années sa compagne, laquelle s'était débarrassée de son mari pour vivre avec Ackroyd. Ce chantage est révélé dans une lettre reçue par Ackroyd le matin de sa mort, lettre que la police ne retrouve pas dans la pièce où se trouve le cadavre et dont l'assassin s'est donc emparé. Or c'est Sheppard lui-même, alors que toute preuve a disparu, qui informe la police de l'existence de ce chantage ! Étrange obligeance, en vérité, de la part d'un assassin, qui semble par moments tout faire pour aider les forces de police et se faire arrêter.

dernières pages de mon livre, accomplissant ainsi un pas supplémentaire par rapport au geste critique de ceux qui avaient émis des doutes sur la culpabilité d'Œdipe.

*

Après cette première tentative couronnée de succès, mais à propos d'un livre auquel la critique littéraire s'est peu intéressée, il convenait de vérifier si une telle méthode pouvait être aussi efficace avec un chef-d'œuvre de la littérature mondiale, étudié par de nombreux spécialistes. La pièce la plus connue de Shakespeare, *Hamlet*, convenait parfaitement à ce projet, d'autant plus qu'elle a une structure policière, le personnage principal menant l'enquête pour élucider les circonstances dans lesquelles est mort son père, dont le fantôme lui a demandé de le venger [4].

Le cas se présentait de manière tout à fait différente du *Meurtre de Roger Ackroyd*. Non seulement, en effet, la pièce a donné lieu à un nombre considérable d'exégèses, mais je n'ai pas été le premier à relever les invraisemblances grevant la thèse officielle qui a cours depuis des siècles, thèse selon laquelle Claudius, le frère de la victime – qui a rapidement épousé sa veuve et repris son trône –, serait l'assassin.

Pour ne citer qu'une des invraisemblances les plus patentes, une scène célèbre de la pièce, celle de la représentation théâtrale en abyme, pose un problème insoluble. Comme on le sait, Hamlet, le fils de la victime, convaincu de la responsabilité de son oncle, Claudius, lui tend un piège en demandant à des comédiens de passage de jouer la scène de meurtre devant l'assassin présumé, afin de guetter ses réactions. Celles-ci sont tout à fait conformes à ce qu'attend Hamlet et tendent à

4. Voir *Enquête sur Hamlet. Le Dialogue de sourds*, Minuit, 2002.

conforter la thèse de la culpabilité de Claudius. Voyant représenter le meurtre dans les conditions précises où il aurait eu lieu – l'assassin aurait versé du poison dans l'oreille de sa victime endormie –, Claudius, en proie à l'énervement, quitte la salle brusquement.

Il a fallu attendre le début du XXe siècle et un lecteur plus attentif que d'autres, le critique Walter Wilson Greg, pour que cette version des faits soit mise à mal. Greg rappelle qu'à l'époque de Shakespeare les pièces de théâtre étaient souvent précédées d'une pantomime, pendant laquelle les acteurs jouaient en silence les grands moments de la pièce. Et tel est bien le cas pour la pièce représentée par les comédiens itinérants, dont il nous est dit explicitement qu'elle est précédée par une pantomime mettant une première fois en scène le meurtre par empoisonnement.

On voit dès lors le problème qui se pose et on se demande pourquoi il a fallu des siècles avant de le poser. Si Claudius est bien l'assassin de son frère, comment expliquer qu'il reste assis imperturbablement à sa place pendant la première représentation du meurtre, et se lève furieux à la seconde ? Les hypothèses avancées par les shakespeariens – par exemple l'idée que l'énervement le gagnerait progressivement – ne sont guère convaincantes. Elles laissent en tout cas ouverte l'autre hypothèse selon laquelle Claudius ne réagit pas à la première représentation du meurtre parce qu'il est innocent, et se lève à la seconde parce qu'il est agacé par le bruit que fait Hamlet dans la salle, ce qui nous est clairement signalé dans les didascalies de la pièce.

Dès lors que l'on accepte, en triomphant de ses propres réticences intérieures, cette hypothèse de l'innocence de Claudius, il faut se résoudre à reprendre l'enquête et à se demander s'il n'existerait pas dans la pièce de Shakespeare un autre suspect qui aurait pu commettre le meurtre. C'est ce que j'ai fait dans *Enquête sur*

Hamlet, parvenant à une conclusion différente de celle que la pièce suggère et que la majorité des spécialistes de Shakespeare ratifient. L'adoption de cette conclusion, quand elle sera enfin retenue par la critique shakespearienne, devrait modifier sensiblement les mises en scène d'*Hamlet*.

*

Quel statut accorder aux énoncés que je viens de formuler selon lesquels Œdipe, le docteur Sheppard et Claudius seraient innocents des crimes dont on les accuse ? A priori il s'agit là de propositions fausses, puisque non conformes à ce que ces livres semblent affirmer. Les choses ne sont cependant pas aussi simples. Barrière apparente contre le délire, la *clôture textuelle* – le fait qu'un texte comporte un nombre limité d'énoncés [5] – est une *clôture matérielle*, mais qui ne se double nullement d'une *clôture subjective*. Que faut-il entendre par là ?

Il importe d'abord de souligner que la séparation entre un énoncé vrai (« Hamlet est le neveu de Claudius ») et un énoncé faux (« Hamlet est le frère d'Ophélie ») est surtout aisée à pratiquer pour des lectures sans originalité, qui se contentent de répéter, sous des formes plus ou moins proches, ce que le texte énonce. Sans même aller jusqu'aux critiques interprétatives, la moindre analyse psychologique dépasse rapidement les stricts énoncés écrits pour se livrer à des supputations que le texte encourage peut-être, mais qu'à parler rigoureusement il n'autorise pas. Bref, s'en tenir exclusivement à ce que le texte *dit* risque de conduire à des lectures indiscutables, mais dépourvues d'intérêt.

5. Affirmation qu'il faudrait d'ailleurs relativiser en tenant compte des variantes et des brouillons. Sur cette séparation clôture matérielle / clôture subjective, voir aussi *Qui a tué Roger Ackroyd ?*, *op. cit.*, p. 126-133.

Et, surtout, *le monde que produit le texte littéraire est un monde incomplet*, même si certaines œuvres proposent des mondes plus complets que d'autres. Il serait plus juste de parler de fragments hétérogènes de mondes, constitués de parties de personnages et de dialogues que rien ne vient réunir en un tout cohérent. Et, point essentiel, ces défaillances du monde de l'œuvre ne tiennent pas à un défaut d'information que le travail de recherche, comme en histoire, peut espérer combler un jour, mais à un défaut de structure, à savoir que ce monde ne souffre pas d'une complétude perdue, faute d'avoir jamais été complet. Ce à quoi nous avons affaire en littérature est un *univers troué*.

Cette incomplétude est frappante pour les descriptions, qui referment certains possibles mais en laissent de nombreux ouverts à l'imagination. La remarque a été faite depuis longtemps que les descriptions littéraires, par rapport à celles de la peinture figurative ou du cinéma, laissaient une bien plus grande place à l'inventivité du lecteur, place qui est souvent portée au bénéfice de la littérature.

Tout récit, par ailleurs, laisse à l'imagination de vastes espaces ouverts sur le plan narratif, sous la forme d'ellipses directes ou indirectes. A priori le lecteur n'a pas à se préoccuper de ce qui se joue dans ces espaces vierges du récit, mais il est peu probable, tout comme pour les descriptions, qu'il ne soit pas incité à compléter ces manques, surtout quand le texte porte les traces énigmatiques d'événements absents.

À ces incomplétudes descriptives et narratives il convient d'en ajouter une troisième, qui concerne les personnages. Un grand nombre d'éléments de leur vie, tant psychique qu'événementielle, ne nous sont pas communiqués. Cette incertitude a partie liée avec un point essentiel que j'étudierai plus loin, qui est le mode particulier d'existence des personnages littéraires, lesquels, j'en ai la conviction, jouissent d'une autonomie beaucoup plus grande que celle qu'on leur prête et sont donc en mesure de prendre des initiatives, à l'insu de l'écrivain comme du lecteur. Cette forte tendance à l'autonomie des personnages accroît encore l'incomplétude du monde littéraire en augmentant sa mobilité intérieure et renforce la difficulté à le clore.

*

Cette incomplétude du monde littéraire n'est cependant pas absolue. Elle est réduite par l'intervention du lecteur. Celui-ci vient en effet compléter, non pas intégralement, mais partiellement, les failles du texte. Ce travail de complément – ou, si l'on veut, de *clôture subjective* – joue aussi bien pour les descriptions que pour les ellipses et les pensées ou les actions des personnages. Il est plus ou moins précis et conscient selon les lecteurs, mais il a toujours lieu et il rend impossible, une fois passés des accords de surface, une réelle communication entre les lecteurs d'un même livre, faute précisément que ceux-ci parlent du même livre.

Il est en effet utopique de penser, en raison de ce travail de complément, qu'il existerait un quelconque texte objectif, ou même simplement commun, sur lequel les différents lecteurs viendraient se projeter. Et, si ce texte existait, il serait malheureusement impossible d'y accéder sans en passer par le prisme d'une subjectivité. C'est le lecteur qui vient achever l'œuvre et refermer, d'ailleurs temporairement, le monde qu'elle ouvre, et il le fait à chaque fois d'une manière différente.

Cette incomplétude subjective du monde de l'œuvre incite donc à supposer qu'il existe autour de chacune, produit par le caractère limité des énoncés et l'impossibilité d'augmenter le nombre d'informations disponibles, tout un *monde intermédiaire* – dont une part est consciente et une part inconsciente – à propos duquel les supputations du lecteur se développent afin que l'œuvre, complétée, puisse atteindre à l'autonomie. Un monde autre, dans un espace aux lois propres, plus mobile et plus personnel que le texte lui-même, mais indispensable pour qu'il accède, dans la série illimitée de ses rencontres avec le lecteur, à une cohérence minimale.

Admettre l'existence, autour des œuvres littéraires, de ces mondes intermédiaires pluriels risque évidemment de conduire loin et d'inciter à compléter indéfiniment les œuvres, en prêtant des amants inconnus à la princesse de Clèves ou en la faisant mourir par empoisonnement. Il est cependant difficile de faire autrement. Au-delà de la bonne foi du narrateur ou du personnage principal, qui peut, comme dans le roman d'Agatha Christie ou la pièce de Shakespeare, être surprise, l'hypothèse de la critique policière est que la bonne foi de l'écrivain lui-même est régulièrement trompée. Son œuvre, en effet, lui échappe nécessairement, puisque, incomplète, elle ne cesse, à chaque lecture, de se clore subjectivement et de manière différente.

Si l'on suit cette hypothèse, il existe donc, autour du monde littéraire ouvert par l'œuvre, une multitude d'autres mondes possibles que nous pouvons compléter, par nos images et nos mots. S'interdire ce travail de complément au nom d'une hypothétique fidélité à l'œuvre est utopique, dans la mesure où nous pouvons certes le récuser de manière consciente, mais sans pouvoir empêcher notre inconscient de prolonger l'œuvre en fonction de ses priorités propres comme de celles de l'époque dans laquelle il est inscrit.

Dès lors que ce travail de complément est inévitable, autant le faire avec la plus grande rigueur possible. Car les mondes intermédiaires virtuels d'une œuvre, pour multiples qu'ils soient, ne sont pas strictement équivalents, et il est possible de les hiérarchiser en fonction de leur crédibilité, sur un plan à la fois individuel et collectif. Individuellement tout d'abord, il est évident que l'opération de complément du texte littéraire va se faire différemment selon la sensibilité de chaque lecteur, et, dans le domaine policier, selon sa conception des criminels et du crime.

Mais les mondes possibles varient également selon les époques, leur conception de la critique et l'évolution des recherches scientifiques. Dès lors nous ne lisons pas la même œuvre au fil du temps et c'est collectivement que nous sommes aujourd'hui sensibles à certains détails du texte qui frappent notre modernité et peuvent nous conduire, par le type de complément que nous lui apportons, à des approches renouvelées.

*

Ainsi pourrait-on dire que la question de la culpabilité d'Œdipe, de Sheppard et de Claudius ne se pose pas en soi, mais pour chaque lecteur, dans le cadre de ce que j'ai appelé, dans mon livre sur *Hamlet*, un *paradigme intérieur*, c'est-à-dire l'ensemble de cette représentation du monde, incomparable à tout autre, qui caractérise chacun d'entre nous et structure, à l'intérieur des questions posées par son époque, sa rencontre personnelle avec la réalité.

C'est à l'intérieur de ces paradigmes personnels que des enquêtes rigoureuses peuvent se dérouler avec quelque chance de succès et qu'une forme fragile de vérité, profondément ancrée dans l'un des mondes intermédiaires qui prolongent l'œuvre, peut espérer un temps se faire jour.

CHAPITRE II

LE RÉCIT PLURIEL

Méfiante par nature, la critique policière porte le plus grand intérêt à la manière dont les faits lui sont présentés, n'acceptant sans réserve aucun témoignage et mettant systématiquement en doute tout ce qui lui est rapporté, là où d'autres lecteurs, dont le sens critique est moins développé, sont portés à accepter ce qu'on leur raconte sans se poser de question.

Attentive à l'aspect proprement narratif des affaires qu'elle traite et doutant par principe de tout, elle entreprend de passer au crible chaque témoignage, s'interrogeant sur son auteur, les circonstances dans lesquelles il le formule et les mobiles qui l'ont conduit à s'exprimer. Autre manière de dire qu'elle tire toutes les conséquences du fait que de nombreux éléments qui nous sont présentés dans un texte comme des faits avérés ne sont en réalité, à bien y regarder, que de simples témoignages.

*

Or les récits des aventures de Sherlock Holmes, et particulièrement *Le Chien des Baskerville*, présentent sur ce point une particularité étonnante, à savoir que les faits ne nous sont pas communiqués par l'auteur lui-même ou par un narrateur omniscient, auquel un certain crédit pourrait être accordé, mais par un compagnon du détective, le docteur Watson.

Ce procédé narratif n'a rien d'original et il est fréquent que l'un des personnages d'un roman se charge de raconter l'histoire. Il prend cependant un relief particulier dès lors que l'on se situe dans le cadre d'une enquête policière où tout devrait être sujet à caution. Dans cette optique, *Le Chien des Baskerville* ne raconte pas les faits qui se sont produits sur la lande du Devonshire ou l'enquête de Sherlock Holmes, mais ces faits ou cette enquête *tels que les a perçus le docteur Watson.*

Rappeler qu'il y a interposition d'un personnage signifie que nous n'avons jamais affaire à des faits bruts, mais à des récits de faits, éminemment problématiques puisque soumis au prisme d'un sujet, c'est-à-dire d'une intelligence, d'une sensibilité et d'une mémoire. Tout ce qui nous est raconté ici, y compris les conclusions de Holmes, relève d'un témoignage, venant certes d'un témoin particulièrement bien informé et probablement de bonne foi, mais qui, intimement mêlé à l'affaire, ne saurait avoir la prétention de dire la vérité des événements rapportés.

*

Là où les choses deviennent plus compliquées encore, c'est que ce personnage-narrateur, déjà douteux puisque subjectif, est présenté comme un parfait idiot. Le livre prend en effet un malin plaisir à montrer à quel point Watson ne comprend rien à ce qui se passe autour de lui.

La piètre opinion que Holmes a des capacités intellectuelles de son ami n'est pas un mystère puisqu'elle est répétée par lui tout au long des récits de ses aventures. Et elle ne manque pas d'être redite au tout début du livre, lors de l'entretien qu'ont ensemble les deux amis avant la première visite du docteur Mortimer. Ayant demandé à Watson quelles réflexions lui inspirait la canne de leur client et ayant écouté ses conclusions, Holmes lui répond :

> « En vérité, Watson, vous vous surpassez ! [...] Je suis obligé de dire que dans tous les récits que vous avez bien voulu consacrer à mes modestes exploits, vous avez constamment sous-estimé vos propres capacités. Vous n'êtes peut-être pas une lumière par vous-même, mais vous êtes un conducteur de lumière. Certaines personnes dépourvues de génie personnel sont quelquefois douées du pouvoir de le stimuler. Mon cher ami, je vous dois beaucoup [1] ! »

Watson se réjouit un temps de tels compliments, auxquels il ne s'attendait guère, vu la manière dont il est généralement traité par le détective :

> Jamais il ne m'en avait tant dit ! Je conviens que ce langage me causa un vif plaisir. Souvent en effet j'avais éprouvé une sorte d'amertume devant l'indifférence qu'il manifestait à l'égard de mon admiration et de mes efforts pour vulgariser ses méthodes. Par ailleurs je n'étais pas peu fier de me dire que je possédais à fond son système pour l'appliquer d'une manière qui avait mérité son approbation [2].

Mais la joie de Watson est de courte durée, et il comprend rapidement où Holmes veut en venir quand il le remercie de le stimuler :

> Il me prit la canne des mains et l'observa quelques instants à l'œil nu. Tout à coup, intéressé par un détail, il posa sa cigarette, s'empara d'une loupe, et se rapprocha de la fenêtre.
>
> « Curieux, mais élémentaire ! fit-il en revenant s'asseoir sur le canapé qu'il affectionnait. Voyez-vous, Watson, sur cette canne je remarque un ou deux indices : assez pour nous fournir le point de départ de plusieurs déductions.

1. *Op. cit.*, p. 6.
2. *Ibid.*, p. 7.

– Une petite chose m'aurait-elle échappé ? demandai-je avec quelque suffisance. J'espère n'avoir rien négligé d'important ?

– J'ai peur, mon cher Watson, que la plupart de vos conclusions ne soient erronées. Quand je disais que vous me stimuliez, j'entendais par là, pour être tout à fait franc, qu'en relevant vos erreurs j'étais fréquemment guidé vers la vérité [3]. »

Remercier l'autre pour son aide parce qu'il vous conduit à la vérité par l'accumulation de ses erreurs est un compliment douteux. Or tel est bien le sens qu'il convient de donner à la formule définissant Watson comme un « conducteur de lumière ». Sa capacité à stimuler la réflexion de Holmes est proportionnelle à son incompréhension foncière de la réalité.

*

Or il est difficile de critiquer Holmes quand on voit Watson mener l'enquête tout au long du roman. Car ce n'est pas seulement la canne du docteur Mortimer que Watson ne parvient pas à analyser, c'est à l'ensemble de ce qui se passe – en tout cas dans la perspective de Holmes – qu'il ne comprend rien.

Il est vrai que Watson, aidé d'Henry, se montre capable d'élucider le mystère posé par l'attitude des Barrymore et de relier ceux-ci au forçat Selden. Mais cette réussite, due aux aveux de Barrymore, est l'une des rares auxquelles il parvient dans l'ensemble du livre, où il passe la plupart du temps à côté de la vérité.

Il se montre ainsi incapable de deviner l'identité du mystérieux personnage aperçu sur la lande – Holmes lui-même – et, ayant recouru à l'aide de Frankland pour le repérer et l'ayant pris en filature, se laisse identifier

3. *Ibid.*

par lui à cause de sa marque de cigarettes avant d'avoir été lui-même en mesure de le reconnaître.

Watson se montre également inapte à débrouiller le fil des relations unissant les personnages qui vivent sur la lande. Il ne comprend pas que les Stapleton sont en réalité mariés, qu'il existe une relation amoureuse entre Laura Lyons et le naturaliste, et que ce dernier est apparenté à la famille des Baskerville.

Mais Watson ne se contente pas de ne rien comprendre à ce qui se passe autour de lui, il se montre d'une négligence coupable qui manque de coûter la vie à Henry Baskerville. C'est en effet parce qu'il a cessé de surveiller l'héritier que celui-ci court le risque – en tout cas dans la reconstitution qu'en donne Holmes – de se faire agresser par le chien, lequel, trompé par l'odeur des vêtements, s'en prend finalement à Selden.

Cette constante erreur de perspective de Watson a pour conséquence que le lecteur se trouve sans cesse confronté à des textes dont il découvrira à la fin du livre qu'ils sont marqués par l'aveuglement[4]. Et dès lors que Watson ne cesse de se tromper et alimente le lecteur en témoignages fallacieux, il est difficile d'accorder toute crédibilité au récit ultime par lequel il donne implicitement quitus à son ami de la justesse de ses conclusions.

---

4. Comme celui-ci à propos de l'homme sur le pic : « Mais heureusement une première expérience pouvait me guider, puisque j'avais vu l'homme lui-même au haut du pic noir. Ce sommet serait le centre de mes recherches. De là j'explorerais chaque cabane jusqu'à ce que j'aie trouvé la bonne. Si l'homme était dedans, j'apprendrais de sa propre bouche, au besoin sous la menace de mon revolver, qui il était et pourquoi il nous filait depuis si longtemps. Il avait pu nous échapper dans la foule de Regent Street, mais il lui serait plus difficile de s'éclipser sur la lande déserte. Enfin, si je trouvais la cabane habitée sans son locataire, je resterais dehors, le temps qu'il faudrait, jusqu'à son retour. Il avait fait la nique à Holmes dans Londres. Ce serait pour moi un véritable triomphe si je réussissais là où mon maître avait échoué » (*Ibid.*, p. 127).

*

La question de la fiabilité du narrateur est d'autant plus grave dans *Le Chien des Baskerville* que Watson confie souvent la responsabilité du récit à d'autres personnages, qui deviennent à leur tour narrateurs. Or leurs dires ne sont souvent pas vérifiables directement, même si leur crédibilité peut être étayée par d'autres voies.

L'un des exemples les plus caractéristiques de cette délégation de récit est celle qui est octroyée, au début du livre, au docteur Mortimer. Il n'est certes pas le seul à avoir vu le cadavre de Charles Baskerville, mais il est le seul en revanche à avoir relevé à proximité les traces d'un chien, traces dont curieusement il n'a pas jugé bon d'informer les enquêteurs :

> La voix du médecin avait tremblé ; sa confidence l'avait profondément remué. Très excité, Holmes se pencha en avant : son regard brillait d'une lueur dure, aiguë, que je lui connaissais bien.
>
> « Vous avez vu cela ?
>
> – Aussi nettement que je vous vois.
>
> – Et vous n'avez rien dit ?
>
> – À quoi bon ?
>
> – Comment se fait-il que personne d'autre ne l'ait vu ?
>
> – Les empreintes se trouvaient à une vingtaine de mètres du corps ; personne ne s'en est soucié. Si je n'avais pas connu la légende, je ne m'en serais pas soucié davantage[5]. »

Mortimer perd ensuite cette place de narrateur qu'il n'a occupée que quelques pages. Mais son récit est déterminant dans l'ensemble de l'enquête, puisqu'il introduit l'hypothèse du chien et, dans le même temps, celle du meurtre. Toute l'enquête de Holmes et les résultats aux-

5. *Ibid.*, p. 24.

quels il parvient sont donc suspendus à la véracité de ce témoignage essentiel. Que Mortimer, pour telle ou telle raison, ait fourni une version inexacte – par exemple en prenant pour des traces de chien celles d'un autre animal – et c'est l'ensemble de la construction du détective qui s'effondre. Là encore, le fait que nous n'ayons affaire qu'à des témoignages a des conséquences considérables.

*

Le problème est que ces doutes, valables pour le docteur Mortimer, concernent tout autant les autres personnages importants de l'affaire, qui se trouvent tous, à un moment ou à un autre, dans la situation de raconter une partie de l'histoire, à la double exception notable de Selden, qui n'apparaît jamais directement, et du chien.

Il nous faut croire ainsi sur parole Henry Baskerville sur l'existence qu'il menait avant d'arriver dans le Devonshire, le couple des Barrymore sur la personnalité de Selden, le couple Stapleton sur leur vie antérieure à leur installation à proximité du manoir, Laura Lyons sur les circonstances dans lesquelles le rendez-vous avec Charles Baskerville a été donné, ou encore Frankland sur les raisons pour lesquelles il refuse de voir Laura Lyons.

Il n'est pas jusqu'à Sherlock Holmes dont les récits ne doivent être interrogés quand on connaît, comme on l'a vu, le nombre de fois, y compris dans ce roman, où il lui arrive de commettre des erreurs. L'ensemble des enquêtes qu'il dit avoir menées à Londres pendant que son ami veillait seul à la protection d'Henry Baskerville relève d'un témoignage, dont on ne voit pas pourquoi il bénéficierait, par rapport aux autres, d'un statut privilégié.

Sherlock Holmes, en effet, quelles que soient son intelligence et certaines de ses réussites, demeure un personnage comme les autres et sa vision des événements, telle qu'elle nous est communiquée dans son ultime version des faits, ne saurait être autre chose qu'un point de vue, certes intéressant en raison de sa participation à l'enquête, mais qui ne peut interdire à d'autres points de vue, tout aussi légitimes, de se constituer parallèlement.

*

Ces délégations constantes de narration ne privent pas pour autant Watson de sa responsabilité première, puisque chacune d'entre elles est ensuite reprise – et nécessairement remaniée – par lui. Mais elles tendent à affaiblir encore la crédibilité de son témoignage, puisqu'elles en accroissent la fragilité.

Le résultat final est que le lecteur désireux de se faire une opinion a affaire à une multitude de témoignages incertains – dont on peut penser que certains sont volontairement falsifiés –, passés ensuite au tamis de la narration principale, celle de Watson, sur laquelle un discrédit est jeté dès le départ. Face à une telle marqueterie narrative, il faudrait avoir la foi chevillée au corps pour adhérer sans réserve à la vérité officielle qui nous est imposée depuis plus d'un siècle, alors même qu'elle choque le bon sens, quant aux événements dramatiques qui ont ensanglanté la lande du Devonshire.

CHAPITRE III

PLAIDOYER POUR LE CHIEN

L'image laissée par *Le Chien des Baskerville*, image à la force encore accrue par les adaptations cinématographiques du roman – qui ont toutes ratifié la version officielle –, est celle d'un récit à la lisière du fantastique où un chien monstrueux, semant la terreur sur la lande anglaise, conduirait à la mort ses victimes par la violence ou la peur.

Soupçonneuse par principe, la critique policière ne peut souscrire sans réserve à une vision des choses aussi simpliste. Si l'existence d'un chien de forte corpulence est attestée par la scène finale à laquelle assistent plusieurs témoins, sa responsabilité dans les différentes morts n'est nullement aussi évidente que semble le croire Holmes, et l'examen attentif des trois scènes durant lesquelles il est censé commettre des meurtres incite à la prudence.

*

Reprenons donc calmement chacune de ces scènes, en tentant de nous déprendre de l'atmosphère fantastique dans laquelle on essaie de nous plonger et en nous limitant aux seuls faits.

L'étude des conditions dans lesquelles meurt Charles Baskerville laisse supposer la présence sur les lieux d'un chien de grande taille. Il est vrai que c'est sur le seul témoignage du docteur Mortimer que repose la supposition de ce chien, mais celui-ci finira par apparaître dans l'ultime scène du roman. Il n'est donc pas invraisemblable qu'il se soit également trouvé sur les lieux de la mort de Charles. En admettant qu'il ait été présent, cela suffit-il à en faire un assassin ou le complice d'un meurtre ?

Sauf à considérer une fois pour toutes que tout chien de grande taille est un assassin en puissance, force est d'admettre que les charges contre cet animal sont réduites, puisqu'elles se limitent au repérage de son passage. Mais, surtout, la version présentée par le docteur et authentifiée par Holmes pèche par toute une série d'invraisemblances qui devraient suffire à la faire rejeter.

Ces invraisemblances tiennent à la difficulté dans laquelle se trouve Holmes de faire coïncider deux faits contradictoires : la présence du chien sur les lieux et son absence d'agressivité. En effet, la victime ne porte aucune trace de morsure, ce qui est singulier si l'animal avait été conduit là dans une intention criminelle.

Pour résoudre le problème, Holmes pose alors comme un postulat que, si le chien a fait mourir Baskerville de peur, il ne s'en est pas approché car les chiens ne mangent pas de cadavre. Étrange affirmation, que ne cautionnent ni la réalité du comportement animal, ni les fictions littéraires, qui, du songe d'Athalie [1] à « La vengeance d'une femme » de Barbey d'Aurevilly [2], décrivent des chiens consommant des cadavres sans la moindre hésitation.

---

1. À la fin du célèbre rêve, Athalie voit le cadavre de sa mère déchiré par des chiens : « Mais je n'ai plus trouvé qu'un horrible mélange / D'os et de chairs meurtris et traînés dans la fange, / Des lambeaux pleins de sang et des membres affreux / Que des chiens dévorants se disputaient entre eux » (v. 503-506).

2. Dans la nouvelle de Barbey d'Aurevilly, le duc trompé donne à manger aux chiens, devant sa femme adultère, le cœur de son amant : « Mais la vue d'un amour pareil rendit le duc atrocement implacable. Ses chiens

Mais aucune hypothèse ne doit être écartée, et l'on peut supposer que ce chien en particulier n'aime que la chair vivante. Là se situe l'invraisemblance la plus complète du livre, qui confine à l'impossibilité matérielle. Cette impossibilité porte sur la vitesse avec laquelle l'action est censée se dérouler. Le chien se trouve, d'après l'examen des traces, à une vingtaine de mètres de sa victime, et donc, s'il est lancé à pleine vitesse, à quelques secondes de l'atteindre. Comment penser qu'en une durée aussi brève Baskerville puisse être pris d'une crise cardiaque, en mourir et que le chien ait le temps de faire un diagnostic suffisamment précis pour décider, au nom de ses préférences alimentaires, de stopper son effort avant d'avoir atteint le corps ?

Comme on le verra plus loin, le fait que le chien se soit lancé sur Baskerville puis ait brutalement arrêté sa course peut s'expliquer beaucoup plus simplement que ne le fait Holmes. Mais celui-ci est à ce point enfermé dans son scénario de l'assassin au chien qu'aucune autre des hypothèses méritant d'être examinée n'est plus à même de franchir le seuil de sa réflexion.

*

Le scénario fantasmatique de l'assassin au chien a pris une telle place dans l'imaginaire de Holmes qu'il peut même fonctionner en l'absence de tout chien. Et tel est bien ce qui se passe avec la mort de Selden.

Réfugié sur la lande, où il vit dans l'angoisse d'être repris par la police et l'armée qui organisent des battues, le forçat échappé tombe une nuit de brouillard dans un

---

dévorèrent le cœur d'Esteban devant moi. Je le leur disputai ; je me battis avec ces chiens. Je ne pus le leur arracher. Ils me couvrirent d'affreuses morsures, et traînèrent et essuyèrent à mes vêtements leurs gueules sanglantes » (Barbey d'Aurevilly, *Les Diaboliques*, Robert Laffont, coll. « Bouquins », 1981, p. 1037).

précipice où il trouve la mort. Il n'y a rien là de particulièrement surprenant, mais Holmes y décèle là encore la présence du chien.

Il est vrai que, juste avant la découverte du corps, Holmes et Watson entendent des cris venant de la lande ainsi que des aboiements. Mais les cris peuvent tout à fait s'expliquer si Selden, sentant qu'il tombait et s'étant raccroché à un élément naturel comme un arbuste ou un rocher, a appelé à l'aide. Quant aux aboiements, que l'on peut imaginer fréquents à la campagne, ils sont entendus à d'autres moments dans le livre.

Ce qui va à l'encontre de l'hypothèse du chien est d'abord l'absence de traces laissées par l'animal, aussi bien sur le corps de Selden que sur les éléments naturels alentour. Or, c'est la lande qui entoure la pente pierreuse où Selden est tombé, et des traces du gigantesque animal devraient donc s'y laisser lire sans difficulté.

Une autre invraisemblance rend peu crédible la présence du chien sur les lieux. Juste après avoir découvert le cadavre, Holmes et Watson sont rejoints par Stapleton qui a lui aussi entendu les cris du forçat. Si c'est bien lui qui a lâché le chien sur Selden, l'animal devrait se trouver en sa compagnie ou à proximité, ce qui n'est pas le cas. Où donc Stapleton a-t-il dissimulé l'animal ?

La responsabilité du chien dans la mort de Selden est si peu crédible que Holmes dissuade Watson d'en faire état. Après avoir rappelé qu'il n'y avait aucune preuve de l'agression par un chien dans le décès de Charles Baskerville, il note que le dossier est tout aussi vide pour la mort de Selden :

> « Nous ne sommes guère plus avancés. À nouveau il n'y a aucun rapport direct entre le chien et la mort de Selden. Nous n'avons jamais vu le chien. Nous l'avons entendu. Mais nous ne pouvons pas prouver qu'il était sur la piste du forçat. Il y a aussi une absence totale de motifs... Non, mon cher ami, nous devons nous faire à

l'idée que nous ne disposons d'aucun dossier pour l'instant[3]. »

Et à Watson, qui tente de réconforter son ami en affirmant qu'il y a tout de même un dossier, Holmes répond, dans un éclair de lucidité :

> « Pas l'ombre d'un ! Uniquement des déductions et des hypothèses. Le tribunal se moquerait de nous si nous nous présentions avec une telle histoire sans preuves[4]. »

*

Probablement innocent des deux premières morts, le chien peut difficilement passer pour tel dans la troisième agression, celle dirigée contre Henry Baskerville. Car c'est bien à une agression violente, susceptible de conduire à la mort, qu'assiste le lecteur, puisque le chien saute sur Henry, le jette à terre et lui prend la gorge entre ses crocs[5]. Scène d'autant plus incontestable que, contrairement aux autres, elle a cette fois plusieurs témoins.

Si l'on fait, là encore, l'effort de voir la scène autrement que par les yeux de Watson, lequel partage le fantasme holmesien de l'assassin au chien, les choses apparaissent comme un peu plus complexes que dans cette première version. Il est vrai qu'un chien énorme, d'autant plus effrayant qu'il est couvert de phosphore, se précipite dans la direction de Henry et se jette sur lui.

Mais, aussi redoutable semble-t-il, l'animal ne manifeste en un premier temps aucune velléité agressive et se contente de courir dans la campagne. C'est après avoir été blessé par Holmes et Watson qu'il est pris de folie :

3. *Op. cit.*, p. 149.
4. *Ibid.*, p. 148.
5. *Ibid.*, p. 166.

> À longues foulées, cet énorme chien noir bondissait, le nez sur la piste des pas de notre ami. Nous étions si pétrifiés que nous lui permîmes de nous dépasser avant d'avoir récupéré la maîtrise de nos nerfs. Puis Holmes et moi nous fîmes feu en même temps ; la bête poussa un hurlement épouvantable : elle avait été touchée au moins par une de nos balles. Elle ne s'arrêta pas pour si peu ; au contraire elle précipita son galop. Au loin sur le chemin nous aperçûmes Henry qui s'était retourné : il était blême sous le clair de lune ; il leva les mains, horrifié, regardant désespérément l'abominable créature qui fonçait sur lui [6].

L'examen du témoignage de Watson, pourtant peu suspect de sympathie pour un animal qu'il considère a priori comme coupable, ne laisse guère de doute quant à l'ordre dans lequel les faits se sont produits. Le chien ne montrait aucune intention violente avant d'être atteint par les balles et c'est à la suite des coups de feu qu'il s'est jeté sur Henry.

Si aucune certitude n'est possible, l'objectivité contraint à dire que les coups de feu ne viennent pas sanctionner l'agression mais la provoquent, et qu'il existe donc un doute raisonnable sur le fait de savoir si celle-ci se serait produite en l'absence de ceux-là. Peut-on en vouloir à un chien touché par une balle d'être pris d'un coup de folie et de se précipiter sur l'un de ceux qu'il prend légitimement pour ses agresseurs ?

*

Mais il y a plus important encore que les doutes sur l'agression. Une relecture attentive du témoignage de Watson montre bien comment le fantasme de l'assassin au chien influe subtilement sur la narration, et probablement sur les événements eux-mêmes.

---

6. *Ibid.*, p. 166.

Avant même d'apparaître, le chien est pris dans la trame d'un récit qui coule le moindre fait dans le moule de la littérature fantastique, transformation dont est particulièrement révélatrice la scène de l'attente :

> « Attention ! cria Holmes, qui arma son revolver. Attention ! Le voilà ! »
>
> De quelque part au cœur de ce brouillard rampant résonna un petit bruit continu de pas précipités, nerveux. Le nuage se trouvait à une cinquantaine de mètres de l'endroit où nous étions retranchés ; tous les trois nous le fixions désespérément, nous demandant quelle horreur allait en surgir. J'étais au coude à coude avec Holmes, et je lui jetai un coup d'œil : son visage était livide et exultant ; ses yeux luisaient comme ceux d'un loup, mais, tout à coup, ils immobilisèrent leur regard, s'arrondirent, et ses lèvres s'écartèrent de stupéfaction [7].

Dans l'état d'esprit où sont les trois hommes, en pleine excitation alors même qu'ils n'ont toujours rien vu (« nous le fixions désespérément », « nous demandant quelle horreur allait en surgir », « son visage était livide et exultant », « ses yeux luisaient comme ceux d'un loup »), tout ce qui apparaîtra dans leur champ visuel sera nécessairement jugé terrifiant, tant ils sont plongés dans un univers surnaturel qui détermine et structure leur perception des choses.

Il n'est pas surprenant que, dans un tel contexte, le chien leur semble une créature monstrueuse :

> Au même moment Lestrade poussa un cri de terreur et s'écroula la face contre terre. Je sautai sur mes pieds ; ma main étreignit mon revolver mais ne se leva pas ; j'étais paralysé par la forme sauvage, monstrueuse qui bondissait vers nous [8].

7. *Ibid.*, p. 165.
8. *Ibid.*

Le poids de l'angoisse est tel que l'animal en devient même, transformé par le regard de Watson, une sorte de créature mythologique surgie des Enfers :

> C'était un chien, un chien énorme, noir comme du charbon, mais un chien comme jamais n'en avaient vu des yeux de mortel. Du feu s'échappait de sa gueule ouverte ; ses yeux jetaient de la braise ; son museau, ses pattes s'enveloppaient de traînées de flammes. Jamais aucun rêve délirant d'un cerveau dérangé ne créa vision plus sauvage, plus fantastique, plus infernale que cette bête qui dévalait du brouillard [9].

Si l'on fait l'effort, inverse de celui de Watson, d'essayer de ne pas percevoir l'animal à travers le prisme de la littérature fantastique et des références mythologiques, force est de constater que ce que voient Holmes et Watson est un gros chien noir couvert de phosphore en train de courir sur la lande, ce qui mérite certes quelques explications, mais ne devrait pas conduire pour autant à s'imaginer dans un monde infernal.

Cette transformation fantastique du monde, portée à son paroxysme dans la scène finale, est déjà à l'œuvre dans le récit des deux autres « agressions » du chien. Il en va ainsi évidemment dans les descriptions qu'en donne le docteur Mortimer, qui, lors de sa première rencontre à Londres avec Holmes et Watson, se faisant le porte-parole de ceux qui ont rencontré l'animal, leur parle d'« une bête dont le signalement correspond au démon de Baskerville, et qui ne ressemble à aucun animal catalogué par la science. Tous assurent qu'il s'agit d'une bête énorme, quasi phosphorescente, fantomatique, horrible [10]. »

Et si le chien, et pour cause, n'apparaît pas directement lors de la mort de Selden, Holmes et Watson parviennent à en imaginer la présence à partir d'un bruit

9. *Ibid.*
10. *Ibid.*, p. 27.

entendu sur la lande – dont rien ne dit qu'il ait cette origine – et à susciter à partir de là une représentation terrifiante de l'animal :

> Le cri d'agonie [de Selden] transperça le calme de la nuit : plus fort encore et tout près. Mais un autre bruit se mêla à celui-là : un grondement murmuré, musical et pourtant menaçant, dont la note montait et retombait comme le sourd murmure perpétuel de la mer.
>
> « Le chien ! s'écria Holmes. Venez, Watson ! Courons ! Pourvu qu'il ne soit pas trop tard [11] ! »

*

Or ce qui est porté jusqu'à la caricature dans les scènes où il est question du chien serait tout aussi valable pour l'ensemble du récit de Watson, qui ne cesse d'emprunter à la littérature fantastique tous ses poncifs afin de les appliquer comme une grille de lecture à la réalité.

Watson est d'autant mieux fondé à céder à la tentation du surnaturel que Holmes lui-même, alors qu'il se refuse officiellement à se laisser prendre à la légende de Baskerville, s'en révèle rapidement tout aussi dupe. Sans doute n'accorde-t-il aucun sérieux à l'hypothèse suivant laquelle le chien pourrait être une créature fantomatique ayant traversé les siècles, mais c'est pour accepter une version plus moderne de la légende, où le chien servirait les intérêts d'un criminel.

Il est frappant de voir ainsi en quels termes Holmes, dès le début de l'enquête, résume l'affaire pour Watson et esquisse la construction générale qu'il proposera à la fin. S'étant procuré une carte d'état-major du Devonshire, il décrit de cette manière les lieux à l'intention de son ami :

11. *Ibid.*, p. 141.

« Cette petite localité est le hameau de Grimpen où notre ami le docteur Mortimer a établi son quartier général. Dans un rayon de huit kilomètres il n'y a, regardez bien, que quelques rares maisons isolées. Voici Lafter Hall, qui nous a été mentionné tout à l'heure. Cette maison-là est peut-être la demeure du naturaliste... Stapleton, si je me souviens bien. Voici deux fermes sur la lande, High Tor et Foulmire. Puis à vingt kilomètres de là la grande prison des forçats. Entre ces îlots et tout autour s'étend la lande désolée, sinistre, inhabitée. Ceci, donc, est le décor où s'est déroulé un drame et où un deuxième sera peut-être évité grâce à nous [12]. »

Description certes objective, puisqu'elle se fonde sur une carte, mais où l'on voit bien que plusieurs termes (« la lande désolée, sinistre, inhabitée ») témoignent déjà de l'adhésion à une atmosphère surnaturelle propice à des drames sombres et à des crimes mystérieux.

La même transformation subtile de la réalité par l'écriture est à l'œuvre dans la première reconstitution que propose Holmes de la mort de Charles Baskerville :

« Pourquoi un homme marcherait-il sur la pointe des pieds en descendant cette allée ?

– Quoi alors ?

– Il courait, Watson ! Il courait désespérément, il courait pour sauver sa vie... Il a couru jusqu'à en faire éclater son cœur et à tomber raide mort.

– Il fuyait devant quoi ?

– Voilà le problème. Divers indices nous donnent à penser que sir Charles était fou de terreur avant même d'avoir commencé à courir [13]. »

Là encore, c'est le choix de chaque mot (« il courait désespérément », « fou de terreur »), et jusqu'à la construction des phrases (avec la répétition haletante de « il courait »), ou, si l'on veut, l'écriture de la scène qui

12. *Ibid.*, p. 32.
13. *Ibid.*, p. 33.

transpose dans l'univers de la littérature fantastique le récit de la mort de Baskerville.

Ce qui est mis en place au début de l'enquête se poursuit tout au long du roman où Watson, se faisant le relais de la vision de Holmes, ne cesse de percevoir les « faits » au prisme de leur construction commune et de transmettre son angoisse au témoin principal, le docteur Mortimer. Le ton est donné par le premier rapport à Holmes :

> Mes lettres précédentes, ainsi que mes télégrammes, vous ont tenu au courant de tout ce qui s'est passé dans ce coin isolé du monde. Plus l'on reste ici, plus l'esprit de la lande insinue dans l'âme le sentiment de son infini et exerce son sinistre pouvoir d'envoûtement. Quand on se promène pour pénétrer jusqu'à son cœur, on perd toute trace de l'Angleterre moderne, mais on trouve partout des habitations et des ouvrages datant de la préhistoire. Où que l'on aille, ce ne sont que maisons de ces peuples oubliés dont les temples sont, croit-on, les énormes monolithes que l'on voit. Quand on contemple leurs tombeaux, ou les cabanes en pierre grise qui s'accrochent au flanc des collines, on se sent tellement loin de son époque que si un homme chevelu, vêtu de peaux de bêtes, se glissait hors de sa porte basse et ajustait une flèche à son arc, sa présence paraîtrait encore plus naturelle que la mienne[14].

Ce n'est pas seulement dans ses rapports à Holmes, mais dans les textes qu'il écrit pour lui-même que Watson se laisse gagner par l'angoisse de Holmes, comme en témoigne cet extrait de son agenda :

> 16 octobre. – Jour triste avec brouillard et crachin. Le manoir est cerné par des nuages qui roulent bas, qui se soulèvent de temps à autre pour nous montrer les courbes mornes de la lande, les minces veines d'argent sur les flancs des collines, et les rochers lointains qui luisent

14. *Ibid.*, p. 84.

> quand la lumière frappe leurs faces humides. La mélancolie est à l'intérieur comme à l'extérieur. Le baronnet, après l'excitation de la nuit, a les nerfs à plat. Moi-même je sens un poids sur mon cœur et je redoute un danger imminent, d'autant plus terrible qu'indéfinissable [15].

Il n'est pas étonnant, dès lors que les enquêteurs se sont laissés prendre à cette atmosphère surnaturelle au point de se terrifier eux-mêmes, que la vérité soit difficile à saisir, tant sa capture impliquerait de parvenir à libérer les mots eux-mêmes du poids des lieux communs qui les empêchent de s'approcher du réel.

*

Ainsi les représentations du chien maléfique et les fantasmes qu'il fait naître ne sont-ils dans ce livre que la partie émergée d'une distorsion plus générale des récits, qui tient à leur contamination par le genre fantastique, dont l'emprise, alors même qu'ils s'en défendent, fait perdre tout sens commun aux enquêteurs, pourtant chargés d'éviter les leurres et les illusions.

Il est certes impossible de prouver la fausseté de la thèse holmesienne d'une triple agression par le chien. Force est cependant de considérer que les trois scènes où il intervient, qu'elles soient sans témoin vivant comme les deux premières ou observées par plusieurs personnes comme la troisième, sont à ce point infiltrées par un imaginaire stéréotypé qu'il devient hautement difficile pour un esprit rationnel de savoir ce qui s'est effectivement passé, à trois reprises, sur la lande du Devonshire.

---

15. *Ibid.*, p. 110.

CHAPITRE IV

DÉFENSE DE STAPLETON

La culpabilité du chien des Baskerville mise en doute, on peut se demander ce qui reste des accusations proférées par Holmes à l'endroit du principal suspect, Stapleton. Indépendamment de toutes les invraisemblances qui rendent peu crédible une participation de l'animal aux meurtres, la responsabilité du naturaliste, évidente au premier abord – surtout si l'on se place dans la perspective de Holmes –, l'est beaucoup moins quand on reprend avec rigueur toutes les pièces du dossier et qu'on ne cherche pas à tout prix, en pliant la réalité aux contraintes d'une idée fixe, à en faire un assassin.

*

Même si la psychanalyse permet de rendre compte des comportements les plus étranges en leur trouvant des motifs enfouis, le lecteur a d'abord quelque mal à faire coïncider ce qu'il sait de la personnalité de Stapleton avec celle d'un tueur en série, dont toute la vie serait déterminée par l'appât du gain.

La seule véritable passion de ce personnage falot, attestée par tous ceux qui le connaissent, est sa passion pour la recherche scientifique et plus particulièrement pour l'entomologie. On apprend ainsi à la fin du livre qu'il est une autorité reconnue en la matière et qu'il a même laissé son nom à un insecte « qu'il fut le premier à découvrir lorsqu'il se trouvait dans le Yorkshire [1] ».

Sans doute la passion pour l'entomologie n'est-elle pas contradictoire avec l'amour de l'argent. Il ne semble cependant pas que Stapleton ait jusqu'alors, dans ses choix de vie (il a été directeur de collège), organisé son existence en fonction d'intérêts financiers. Il est étrange qu'à aucun moment Holmes ne s'interroge sur la dualité de ce personnage, dont la double motivation dans l'existence serait la recherche scientifique et le désir de s'enrichir.

S'il est vrai que l'on peut être un savant passionné par son domaine et un criminel sans scrupule, Stapleton semble marquer quelque distraction dans la réalisation de ses forfaits. Ainsi Holmes est-il le premier à admettre que le savant ne connaissait peut-être pas l'existence d'un héritier au Canada [2], ce qui est tout de même la marque d'un singulier manque de curiosité, puisque beaucoup de criminels auraient, dans de telles circonstances, pris la peine de se renseigner.

*

Indépendamment de la personnalité du suspect, le déroulement de l'ensemble des faits laisse apparaître, si l'on suppose Stapleton coupable, un nombre conséquent d'invraisemblances.

La scène inaugurale du chien, là encore, pose problème. Sans revenir sur les motifs improbables donnés par Holmes à l'arrêt subit de l'animal dans sa course, le choix même de cette solution pour en finir avec Baskerville est difficile à comprendre.

1. *Op. cit.*, p. 175.

2. « Il est possible que Stapleton ait ignoré l'existence d'un héritier au Canada » (*Ibid.*, p. 178).

Dans la perspective de Holmes, Stapleton, désireux d'hériter de Baskerville et connaissant sa faiblesse cardiaque, se procurerait discrètement un énorme chien, dans l'intention de provoquer un infarctus chez le propriétaire du manoir.

On ne peut pas dire que Stapleton choisisse les solutions de facilité pour parvenir à ses fins. Même sur une lande aussi déserte que celle du Devonshire, le chien risque fort de ne pas passer inaperçu – c'est d'ailleurs ce qui se produit –, et Stapleton, à un moment ou à un autre, d'être vu en sa compagnie. Pour quelqu'un qui a l'intention de postuler ensuite à l'héritage de la victime, un minimum de discrétion serait pourtant recommandé.

Mais surtout le choix de cette solution est absurde. Quels que soient l'état physique de Baskerville et le choc que peut représenter sa rencontre avec un chien gigantesque, le résultat de celle-ci n'est nullement garanti. Baskerville peut ne pas avoir d'infarctus. Il peut aussi en avoir un qui ne soit pas mortel. Il sera alors appelé à témoigner. Comment Stapleton, s'il a été vu, justifiera-t-il sa présence sur la lande en compagnie d'un chien recouvert de phosphore ?

Si par ailleurs Baskerville se fait mordre par le chien, et qu'il en décède ou non, il y aura ouverture d'une enquête et les policiers seront inévitablement conduits à retrouver la piste de l'animal, soit en interrogeant les habitants de la lande, soit les boutiques spécialisées de Londres, ce que fait d'ailleurs Holmes sans difficulté quand il entend prouver que Stapleton a acheté un chien. Pour tout dire, la solution choisie pour se débarrasser de Charles Baskerville paraît bien compliquée et surtout très risquée par rapport au résultat attendu.

*

L'attitude de Stapleton après le prétendu meurtre est tout aussi incompréhensible. Tout se passe en effet comme s'il était animé par l'obsession de se faire remarquer par Sherlock Holmes. Non seulement il se rend à Londres – voyage dont l'intérêt n'apparaît pas s'il est l'assassin, puisqu'il lui suffit d'attendre que sa future victime arrive à Baskerville Hall –, mais il y fait tout son possible pour attirer l'attention du détective.

Il commence par prendre l'héritier en filature de manière si discrète qu'Holmes s'en aperçoit. Mais il ne s'arrête pas là. Assuré qu'Holmes finira par identifier le conducteur du fiacre, il demande à celui-ci de transmettre ses salutations au détective. Comportement surprenant, dont Holmes se garde bien de rendre compte dans son explication finale. Non certes que certains criminels ne prennent plaisir à se vanter de leurs crimes, mais l'intérêt de Stapleton est à l'évidence de ne pas se faire remarquer, puisque Baskerville est censé être mort accidentellement.

Stapleton ne se fait guère plus discret quand il s'agit de se procurer une pièce de vêtement appartenant à Baskerville. Alors qu'il ne doit guère être difficile, pour un familier du manoir, de s'emparer d'un vêtement du nouveau propriétaire dès que celui-ci sera installé dans les lieux, et qu'il existe d'autres vêtements moins ostensibles qu'une chaussure, Stapleton s'y prend de telle manière à Londres que là encore il ne manque pas d'éveiller l'intérêt du détective.

*

La seconde tentative de meurtre attribuée à Stapleton n'est pas non plus sans poser problème. Dans le raisonnement de Holmes, la première agression au moyen du chien visait à provoquer une crise cardiaque. Il ne peut en aller de même pour la seconde, dirigée contre un homme jeune et bien portant.

C'est Watson lui-même qui en fait la remarque à Holmes à la fin du livre, alors que celui-ci s'est vanté de n'avoir laissé inexpliqué aucun point essentiel :

> « Mais il n'espérait pas épouvanter jusqu'à la mort sir Henry comme son vieil oncle, avec son maudit chien[3] ? »

Argument de bon sens, que Holmes pare en ces termes :

> « L'animal était d'un naturel féroce, et affamé. Si son apparition ne devait pas épouvanter sir Henry jusqu'à le faire mourir de peur, du moins elle aurait paralysé la résistance qu'il aurait pu offrir. »

Éventuellement acceptable quant à la technique de meurtre (encore que l'agressivité de ce chien reste à démontrer), la réponse de Holmes ne résout pas le problème du choix de cette technique. La crise cardiaque étant peu probable, c'est l'égorgement qu'il faut cette fois espérer. Manière certes efficace de se débarrasser du second Baskerville, mais avec comme résultat probable de déclencher une enquête et de rendre impossible la captation de l'héritage.

L'utilisation de la même arme – un chien dangereux – pour tuer les deux Baskerville pose, on le voit, un redoutable problème de logique. La réussite possible du premier meurtre tenait au fait que la mort devait apparaître comme un accident cardiaque. Si la seconde victime meurt par égorgement, il y a toute chance que l'enquête soit rouverte à propos de la première mort, ce qui rend après coup inutile la tentative de la faire passer pour un accident.

---

3. *Ibid.*, p. 184.

*

L'attitude de Stapleton à la fin de l'histoire, au moment où il est menacé d'être arrêté, n'est pas plus claire, et un élément jette un doute majeur sur sa culpabilité.

Comprenant que sa tentative de meurtre a échoué, Stapleton s'enfuirait donc dans les marais, tenant à la main la fameuse chaussure qui lui a permis d'attirer le chien vers Baskerville, et déciderait fort justement de se débarrasser de cet indice qui a toute chance de le conduire à la potence. Là se situe peut-être, dans ce roman qui n'en manque pas, l'invraisemblance la plus criante de la « solution » de Holmes.

Mettons-nous un moment à la place de Stapleton et revivons par la pensée la situation dans laquelle il se trouve. Il est en train de courir au milieu des marais, qui s'étendent à perte de vue. La réaction de toute personne normalement constituée, même en proie à la panique, serait de se débarrasser de la chaussure accusatrice en l'envoyant dans la vase le plus loin possible du chemin, à un endroit où personne ne peut la récupérer, ni même l'apercevoir.

Telle n'est pas du tout l'attitude de Stapleton, qui, là encore, semble avant tout soucieux d'aider les forces de police. La chaussure est retrouvée au bord du chemin, sur de l'herbe, à un endroit où elle est visible par les passants, et Holmes ne manque pas de l'apercevoir, jubilant de ce nouvel indice accusant Stapleton, sans s'étonner de la complaisance de celui-ci.

*

L'ensemble du comportement de Stapleton, du début à la fin, est donc pour le moins étrange. Mais le meilleur reste à venir. À la toute fin du livre, Watson interroge

Holmes sur les raisons qui auraient conduit Stapleton à commettre deux meurtres :

> « Il subsiste encore une difficulté. Si Stapleton était intervenu dans la succession, comment aurait-il pu expliquer que, lui étant l'héritier, il avait choisi d'habiter incognito si près de la propriété ? Comment aurait-il pu revendiquer l'héritage sans provoquer des soupçons et une enquête [4] ? »

Devant cette remarque de bon sens, Holmes ne se départit pas de son flegme :

> « C'est un obstacle considérable, et je crains que vous ne m'en demandiez trop. Le passé et le présent sont mes terrains d'enquêtes, mais je peux difficilement répondre à une question touchant à l'avenir [5]. »

Réponse stupéfiante, puisqu'elle revient à reconnaître, alors même que l'enquête est bouclée et que le récit se termine, que, faute d'y avoir intérêt, il est difficile de comprendre pourquoi Stapleton a cherché à tuer les deux Baskerville !

Comprenant qu'il est problématique de mettre des meurtres sur le dos de quelqu'un qui n'a pas de mobile, Sherlock Holmes évoque alors trois hypothèses, la multiplication des solutions n'ayant rien de rassurant d'un point de vue logique. Première hypothèse, Stapleton pouvait revendiquer ses biens depuis l'Amérique du Sud et obtenir la jouissance de sa fortune sans reparaître en Angleterre. Il pouvait aussi – deuxième solution – « adopter un déguisement approprié ». Enfin, il pouvait faire passer un complice pour l'héritier et se faire verser par lui une rente.

Il est difficile de ne pas s'étonner de ces solutions toutes plus improbables les unes que les autres. À moins

4. *Ibid.*
5. *Ibid.*

de mettre en doute l'intelligence de la police anglaise, aucune n'a la moindre chance de fonctionner. Comment penser en effet qu'après deux morts suspectes aussi rapprochées celui qui revendiquera une immense fortune, déguisé ou pas, ne fera pas immédiatement l'objet d'une enquête approfondie ?

Ne semblant guère croire lui-même en ses propres hypothèses, Holmes clôt immédiatement le débat en proposant à Watson – ce sont les dernières lignes du livre – d'aller assister à une représentation des *Huguenots* :

> « D'après ce que nous savons de lui [Stapleton], nous pouvons être sûrs qu'il aurait trouvé un moyen de vaincre ce suprême obstacle ! Et maintenant, mon cher Watson, nous avons durement travaillé ces derniers temps ; pour une fois, je pense que nous pourrions nous offrir une petite distraction. Je dispose d'une loge pour *Les Huguenots*. Avez-vous entendu De Reszkes ? Si cela ne vous ennuie pas, soyez prêt dans une demi-heure, et nous pourrons nous arrêter en chemin chez Marcini pour un dîner léger [6]. »

Contrairement à Holmes, qui aurait peut-être fini par trouver une solution, j'ai pour ma part beaucoup de mal à imaginer comment, après la seconde disparition d'un Baskerville – la seconde rendant suspecte la première –, la police ne se dirait pas que l'on meurt beaucoup dans cette famille et ne s'étonnerait pas de voir revendiquer l'héritage par le voisin du manoir.

*

Soyons justes : rien dans tout cela n'innocente avec certitude Stapleton, et celui-ci ne serait pas le premier assassin à accumuler les erreurs en cherchant incons-

---

6. *Ibid.*

ciemment à se faire prendre. Mais une telle succession de maladresses pose tout de même quelques questions, qui restent d'autant plus ouvertes que Holmes, grisé par son intelligence, ne prête aucune attention aux problèmes restés en suspens dans son explication finale.

Elle conduit surtout à se demander dans quelle mesure ce personnage maladroit d'assassin officiel, que tout désigne à l'attention dès son apparition, n'endosserait pas un crime trop grand pour lui et ne dissimulerait pas à son insu, tapi dans le texte depuis plus d'un siècle, l'un des assassins les plus diaboliques de l'histoire de la littérature.

FANTASTIQUE

CHAPITRE PREMIER

SHERLOCK HOLMES EXISTE-T-IL ?

Il y a donc un double mystère dans *Le Chien des Baskerville*. Le premier concerne l'identité de l'auteur du meurtre, le second porte sur les circonstances de la création du livre et les raisons pour lesquelles Conan Doyle y a laissé subsister autant d'invraisemblances, donnant parfois le sentiment de se désintéresser de l'intrigue. Et il faut à mon sens en passer par l'élucidation de ce second mystère si l'on veut se donner toutes les chances de résoudre le premier.

Mon hypothèse est que l'on ne peut espérer saisir ce qui se joue en profondeur dans ce livre et qui a échappé aux critiques, souvent trop rationnels, sans tenter de comprendre les relations tourmentées que Conan Doyle a entretenues avec ses personnages, et tout particulièrement avec le premier d'entre eux, Sherlock Holmes. Relations empreintes de folie, qui ont fini par influer sur l'intrigue du roman au point de la rendre illisible par l'écrivain lui-même, comme si celui-ci, ayant perdu le contrôle de son œuvre, s'effaçait derrière ses créatures.

Il faut en effet se garder de sous-estimer les liens qui peuvent se nouer entre un créateur et ses personnages, liens dont la violence porte à se demander dans quelle mesure ceux-ci ne disposeraient pas, à notre image, d'une forme d'existence. Or cette interrogation sur le degré d'existence des personnages littéraires se pose avec d'autant plus d'acuité pour Sherlock Holmes qu'il est, par sa notoriété, l'exemple par excellence des difficultés, aux conséquences parfois dramatiques, que nous avons quelquefois à séparer les personnes réelles des êtres de fiction.

*

La réflexion sur les difficultés de cette distinction entre personnes réelles et êtres imaginaires est très ancienne. Thomas Pavel, dans *Univers de la fiction* [1], a entrepris de retracer l'historique des écoles de pensée qui ont, depuis l'Antiquité, réfléchi sur les différences séparant le monde de la réalité de celui de la fiction et sur les éventuels passages qui pourraient exister entre l'un et l'autre [2].

Commentant un extrait des *Aventures de M. Pickwick*, Pavel remarque que le lecteur, tout en sachant pertinemment que M. Pickwick n'existe pas, est cependant pris, en lisant les textes qui lui sont consacrés, d'un incoercible sentiment de réalité :

> Tiraillé entre deux sentiments contradictoires, le lecteur [...] sait bien qu'à la différence du soleil, dont la réalité ne saurait bien entendu être mise en doute, M. Pickwick, et avec lui la plupart des personnages et des états de choses décrits dans le roman de Dickens n'existent et n'ont jamais existé en dehors de ses pages. Néanmoins, l'aspect fictif de M. Pickwick une fois reconnu, les événements du roman sont vivement ressentis comme possédant une sorte de réalité qui leur est propre et qui permet au lecteur de s'associer, souvent sans réserve, aux aventures et réflexions des personnages [3].

1. Thomas Pavel, *Univers de la fiction*, Seuil, 1988.
2. Voir aussi la synthèse de cette question par Bertrand Westphal, in *La Géocritique. Réel, fiction, espace*, Minuit, 2007, p. 126-182.
3. *Op. cit.*, p. 19.

C'est à ce sentiment de réalité, qui est aussi, par bien des côtés, un sentiment d'inquiétante étrangeté, que se confrontent tous ceux qui tentent de définir le statut des personnages de fiction. Car la définition de ce statut est bien le cœur du problème. Ces personnages n'habitent a priori pas dans notre monde, mais ils y occupent indiscutablement une certaine place qu'il n'est pas si aisé de cerner.

Il est remarquable que, dans cet ouvrage de Pavel consacré à inventorier les différentes positions théoriques possibles, le personnage de Sherlock Holmes joue un rôle privilégié, son cas étant cité par différents auteurs pour s'interroger sur le degré de validité des énoncés concernant les êtres de fiction. Ainsi Kripke affirme-t-il que Sherlock Holmes n'existe pas, mais note que « dans d'autres états de choses il aurait existé [4]. » Moins accueillant, Howell remarque que si Sherlock Holmes entreprend de dessiner des cercles carrés, son univers cesse d'être un monde possible [5]. Et Pavel postule qu'« il y a bien quelque part un monde où Sherlock Holmes, tout en se conduisant exactement comme le personnage de Conan Doyle, admire en secret la gent féminine [6]. »

C'est que, même si d'autres personnages pourraient occuper la même fonction symbolique – les noms d'Hamlet et d'Anna Karénine reviennent à plusieurs reprises dans l'ouvrage de Pavel –, la renommée de Sherlock Holmes est telle qu'une forme d'existence finit irrésistiblement par lui être attachée, au point de brouiller les frontières. Existence qui s'est imposée avec force et a suscité, nous allons le voir, un traumatisme collectif lorsque Conan Doyle a tenté de faire disparaître sa créature, sans prendre en compte le fait que, pour un certain

4. *Ibid.*, p. 62.
5. *Ibid.*, p. 66.
6. *Ibid.*, p. 118.

nombre de lecteurs, elle ne relevait pas simplement de la fiction et que son élimination s'apparentait donc à un véritable meurtre.

*

Sur cette question des frontières entre monde réel et monde de la fiction deux positions antagonistes existent depuis longtemps, séparées par une multitude de positions intermédiaires.

L'une des attitudes extrêmes est défendue par ceux que Thomas Pavel qualifie de « ségrégationnistes » :

> Certains théoriciens conçoivent ces rapports d'un point de vue que j'appellerai *ségrégationniste*, et caractérisent le contenu des textes de fiction comme pure œuvre d'imagination, sans aucune valeur de vérité [7].

Cette attitude consiste à poser qu'il existe entre ces deux mondes une frontière étanche et revient de ce fait à limiter les droits des personnages de la fiction. Pour les ségrégationnistes purs et durs, les énoncés portant sur les personnages de fiction ne peuvent être de toute manière que oiseux et ne sauraient avoir aucune valeur de vérité, puisque leurs référents n'existent pas.

Pavel montre comment le ségrégationnisme a évolué depuis le début du XXe siècle et s'est progressivement adouci, même s'il reste fondamentalement intolérant envers les créatures imaginaires. Selon les ségrégationnistes classiques, comme Bertrand Russell, « puisqu'en dehors du monde réel il n'y a pas d'univers du discours, l'existence [...] appartient uniquement aux êtres qui habitent l'univers de la réalité [8]. » Mais Russell ne se contente pas de leur contester le droit à l'existence, il

7. *Ibid.*, p. 19.
8. *Ibid.*, p. 21.

entend aussi refuser toute valeur de vérité aux énoncés tenus à leur propos [9].

Certains ségrégationnistes, à l'esprit plus large, prennent en considération chaque situation de discours et ne rejettent pas systématiquement les énoncés portant sur les êtres de fiction. Ainsi une phrase comme « Le roi de France est sage » sera tantôt considérée comme absurde, tantôt soumise au régime du vrai et du faux selon les circonstances dans lesquelles elle est prononcée, et notamment selon le régime politique en cours dans notre pays [10]. Mais les ségrégationnistes sont beaucoup plus prudents quand il s'agit d'accorder une valeur de vérité à des énoncés portant sur des êtres qui, quel que soit le contexte – il en va ainsi de Sherlock Holmes –, demeurent sur le territoire de la fiction.

En acceptant tout de même de prendre en compte le fait que, pour évaluer la vérité d'un énoncé, il est nécessaire de s'intéresser à ses conditions de formulation, les ségrégationnistes ouvrent une brèche dans laquelle vont s'engouffrer des théoriciens plus relativistes envers la notion de vérité, et plus accueillants envers les mondes alternatifs et les créatures qui y vivent.

*

Il existe en effet d'autres écoles de pensée, moins fermées aux mondes de fiction, pour lesquelles Pavel propose le terme d'« intégrationnistes » :

> Leurs adversaires adoptent en revanche une position plus tolérante, voire *intégrationniste*, et soutiennent que nulle véritable différence ontologique ne sépare la fiction des descriptions non fictives de l'univers [11].

9. *Ibid.*, p. 23.
10. *Ibid.*
11. *Ibid.*, p. 19.

Les « intégrationnistes », qui constituent eux aussi un groupe divisé entre différentes sensibilités, sont prêts à la fois à reconnaître une certaine forme d'existence aux personnages de fiction (« ils assurent que l'existence dont jouit M. Pickwick n'a rien à envier à celle du soleil ou de l'Angleterre en 1827 [12] ») et une valeur de vérité aux énoncés qui les concernent, en ne les considérant pas comme des spéculations absurdes.

À l'inverse, et dans le même mouvement qui leur fait accorder aux textes de fiction un statut comparable aux textes non fictionnels, ils tendent à retirer à ces derniers leur place privilégiée sur le plan de la vérité. Considérant que tout énoncé obéit à des conventions, ils sont portés à abolir les frontières entre la fiction et les autres types de discours [13].

Pavel lui-même semble pouvoir être rangé dans ce groupe plus tolérant, quand il remarque, à la suite notamment de Searle, que le caractère fictionnel d'un texte peut se modifier selon les circonstances et que « beaucoup de textes sont lus parfois comme sérieux, parfois comme fictifs [14] », selon les contextes dans lesquels on en prend connaissance, la fiction n'étant qu'une forme particulière de jeu de langage.

Il en va de même des performances orales, et Pavel prend l'exemple d'une scène de théâtre où un comédien imite les gestes d'un prêtre et fait semblant de bénir le public. Cette bénédiction n'a rien d'effectif dans la majorité des contextes, mais peut le devenir si on l'imagine sous une dictature où la religion serait bannie et où le public, ayant gardé l'ancienne foi, vivrait le geste du comédien comme authentique, transformant cette scène de fiction en une scène réelle [15].

12. *Ibid.*, p. 20.
13. *Ibid.*, p. 20.
14. *Ibid.*, p. 30.
15. *Ibid.*, p. 34-35.

Pour les partisans d'une intégration, au moins relative, des personnages de fiction, il ne sert donc à rien de multiplier les barrières entre les mondes et de nier l'existence de ces créatures. Dans une société de plus en plus ouverte aux minorités, il est préférable au contraire de leur reconnaître une légitimité et d'admettre qu'ils font partie de notre monde, ce qui implique certes, comme pour ses autres habitants, un certain nombre de devoirs, mais aussi de droits.

*

La difficulté à se situer dans ces débats, qui peuvent atteindre un haut degré de complexité philosophique ou linguistique, tient au fait que les différents auteurs, recourant à des notions aussi vagues que celles de « réalité » ou de « vérité », ne donnent pas toujours le sentiment de parler de la même chose.

Il existe cependant, selon moi, deux arguments majeurs en faveur de la thèse des intégrationnistes et de leur tolérance envers les personnages de fiction. Le premier est d'ordre linguistique. Il revient à constater que le langage ne permet pas de faire la séparation entre les êtres réels et les personnages imaginaires et que l'intégration de ceux-ci est dès lors inévitable, que l'on ait l'esprit ouvert ou non.

Cette difficulté tient à l'omniprésence dans le langage de ce que l'on appelle des « propositions mixtes[16]. » Ces dernières sont des énoncés qui traversent les mondes en portant en même temps sur la fiction et sur la réalité. Elles permettent ainsi aux créatures imaginaires de circuler dans notre monde, comme dans « Freud a analysé Gradiva », ou, à l'inverse, accordent à des objets ou à des êtres réels droit de cité dans la fiction,

16. John Woods, cité par Pavel, *ibid.*, p. 41.

comme dans « Sherlock Holmes marche dans Baker Street ».

Autrement dit, même si certains êtres sont des *autochtones*, qui naissent et demeurent dans l'un des mondes sans voyager, il existe de nombreux *immigrants* qui passent d'un monde à l'autre, pour y faire un bref séjour ou pour s'y installer plus durablement [17]. Quelles que soient les frontières et leur renforcement, il est utopique d'interdire ces passages entre les mondes, qui, nous allons le voir, s'effectuent dans les deux sens.

Il est à peu près impossible, en effet, d'éviter ces propositions mixtes, puisque même les démonstrations des ségrégationnistes, alors qu'elles visent à les écarter, en sont riches. Dire ainsi que « Sherlock Holmes n'appartient pas à notre monde » est déjà en soi une proposition mixte, puisqu'elle fait voisiner dans la même phrase, en croisant un bref temps leurs univers, le monde de la réalité et un personnage de la fiction.

En parlant de la même manière de ce qui existe et de ce qui n'existe pas et en les homogénéisant – finissant par leur conférer un degré identique de réalité –, le langage est un facteur permanent de brouillage des mondes. Ainsi conviendrait-il d'imaginer, pour être en mesure d'établir, comme en rêvent les ségrégationnistes, une distinction nette entre les univers, un être ou une situation pour lesquels il ne serait pas nécessaire de parler.

*

Le deuxième argument en faveur de la thèse intégrationniste est d'ordre psychologique. Il revient à constater que les personnages de fiction n'ont peut-être pas de

17. Ces catégories d'« autochtone » et d'« immigrant » sont dues à Parsons, qui recourt aussi à celle de « substitut », pour les cas où une fiction mentionne un être réel, en en modifiant sensiblement les propriétés (Pavel, *ibid.*).

réalité matérielle, mais qu'ils ont à coup sûr une réalité psychologique, et que celle-ci conduit bien, qu'on le veuille ou non, à une forme d'existence.

Notre relation aux personnages littéraires, en tout cas ceux qui exercent sur nous une certaine attraction, repose en effet sur un déni. Nous savons parfaitement, sur un plan conscient, que ces personnages n'« existent pas », ou en tout cas n'existent pas de la même manière que les habitants du monde réel. Mais les choses se passent de manière tout à fait différente sur le plan de l'inconscient, qui ne s'intéresse pas aux différences ontologiques entre les mondes, mais prend en compte l'effet qu'ils produisent sur le psychisme.

Tout psychanalyste sait à quel point la vie d'un sujet peut être influencée et même modelée, parfois jusqu'au tragique, par un personnage de fiction et les identifications qu'il suscite. Cette remarque doit d'abord s'entendre comme le rappel que nous sommes communément pour les autres, surtout si nous nous situons dans une relation transférentielle, des personnages de fiction et que les personnes de la « réalité » ne nous parviennent qu'au prisme d'une forme de roman dont ils sont les héros ou les monstres.

Par ailleurs, beaucoup d'entre nous sont marqués en profondeur par des personnages littéraires, au point de ne plus être en mesure de faire la part entre réalité et fiction. Abondamment illustré par des œuvres comme *Don Quichotte* ou *Madame Bovary*, ce phénomène – qui a pu être qualifié de « bovarysme » – montre à quel point la vie inconsciente méconnaît le caractère fictif des personnages littéraires pour leur attribuer une forme d'existence, tout aussi grande et quelquefois plus, que celle des habitants de notre monde.

Pour cette raison, il est déraisonnable de considérer, comme tend à le faire la thèse ségrégationniste, que les personnages littéraires n'ont aucune existence, en négligeant ce que nous enseigne l'attention commune à la vie psychique, laquelle, en ses profondeurs, se situe au croisement de différents mondes, et pourrait même peut-être se définir comme un lieu de croisement entre les mondes de la réalité et de la fiction.

*

On l'aura deviné, l'auteur de ces lignes se situe pour sa part sans la moindre ambiguïté dans le camp des intégrationnistes, et, à l'intérieur de ce camp, dans la partie la plus tolérante et la plus ouverte à cette forme originale d'existence qu'incarnent les personnages littéraires.

Ma tolérance envers les créatures de fiction s'explique par deux raisons majeures. La première est la certitude d'une grande perméabilité entre la fiction et la réalité. Il ne sert dès lors à rien d'essayer de contrôler les frontières entre ces mondes, car de multiples passages s'effectuent, et cela dans les deux sens. Non seulement, on va le voir, il nous arrive d'habiter un temps plus ou moins long tel ou tel monde fictionnel, mais les habitants de celui-ci viennent eux aussi, par moments, vivre dans le nôtre.

La seconde raison – qui ne serait pas partagée, je le crains, par les intégrationnistes, même les plus ouverts – est ma conviction profonde que les personnages littéraires bénéficient d'une certaine autonomie, à la fois à l'intérieur du monde où ils vivent et dans les circulations qu'ils effectuent entre ce monde et le nôtre. Ou, si l'on préfère, que nous ne contrôlons pas complètement, et l'auteur pas plus que les autres lecteurs, leurs faits et gestes.

Si l'on n'accepte pas cette double hypothèse de la perméabilité des frontières et de l'autonomie des personnages littéraires il est impossible à mon sens d'espérer résoudre, mieux que ne l'a fait Sherlock Holmes, l'affaire du chien des Baskerville.

CHAPITRE II

LES IMMIGRANTS DU TEXTE

Or, cette question du degré d'existence des personnages littéraires, et particulièrement de Sherlock Holmes, se pose avec une acuité particulière dans le cas du *Chien des Baskerville*, en raison de la situation historique de ce livre, publié à un moment très précis de la vie de son auteur.

Ayant, dans des circonstances sur lesquelles nous allons revenir, mis à mort son détective, Conan Doyle, sous la pression de son public, est contraint quelques années plus tard, la mort dans l'âme, de le ressusciter. Et c'est cette résurrection qui donne lieu au *Chien des Baskerville.* On mesure dès lors à quel point ce livre se situe au croisement de la réalité et de la fiction, et pourquoi il est nécessaire de tenir compte de ses conditions d'écriture pour comprendre ce qui s'y passe et pour identifier le criminel.

Curieusement, personne à ma connaissance n'a jamais tenté d'établir un lien entre la mise à mort de Sherlock Holmes, sa réapparition et l'affaire du chien des Baskerville, alors que ces événements sont concomitants. Tout indique pourtant, non seulement que le roman en porte les traces, mais que l'analyse de celles-ci est déterminante si l'on entend ne pas s'en tenir à la vérité officielle et reconstituer ce qui s'est réellement passé sur la lande de Dartmoor.

*

La disparition de Sherlock Holmes est racontée dans un texte intitulé « Le dernier problème ». Elle est si difficile à mettre en scène que Conan Doyle y songe plusieurs années à l'avance et profite d'un voyage en Suisse, en compagnie de son épouse malade, pour repérer l'endroit précis où elle aura lieu. Et elle implique d'inventer de toutes pièces un adversaire à la mesure de Sherlock Holmes, et avec lequel l'affrontement soit tel qu'il puisse expliquer le décès du détective.

Dès les premières lignes du « Dernier problème », Watson laisse entendre que le dénouement en sera tragique :

> C'est avec tristesse que je prends ma plume pour évoquer une dernière fois les talents prestigieux qui firent de mon ami M. Sherlock Holmes un être exceptionnel. [...] J'avais l'intention de m'arrêter là, et de ne rien dire de l'événement qui a creusé dans ma vie un vide que deux années n'ont absolument pas comblé. Toutefois, les dernières lettres dans lesquelles le colonel James Moriarty défend la mémoire de son frère me forcent la main. Je ne peux plus hésiter. Il faut que j'expose au public les faits tels qu'ils se sont déroulés [1].

Watson raconte alors comment, un soir du printemps 1891, Holmes entre dans son cabinet de consultations, et, après avoir fermé les volets, lui explique qu'il est menacé de mort par un criminel qui règne sur Londres, le professeur Moriarty :

> « Il est le Napoléon du crime, Watson. Il est l'organisateur de tous les forfaits, ou presque, qui restent impunis dans cette grande ville. C'est un génie, un philosophe, un penseur de l'abstrait. Il possède un cerveau de premier ordre. Il demeure immobile, comme une araignée

1. *Sherlock Holmes*, I, *op. cit.*, p. 671.

> au centre de sa toile, mais cette toile-là a un millier de ramifications et il perçoit les vibrations de chacun des fils. Il agit rarement par lui-même. Il se contente d'élaborer des plans. Mais ses agents sont innombrables et merveilleusement organisés [2]. »

À plusieurs reprises, Holmes s'est mis sur le chemin de Moriarty, au point de déranger ses plans. Celui-ci s'est alors invité au domicile du détective pour lui conseiller de le laisser en paix et pour le menacer de mort :

> « Vous espérez me jeter dans le box des accusés. Je vous dis : je ne m'assiérai jamais dans le box des accusés. Vous espérez me vaincre. Je vous dis : vous ne me vaincrez jamais. Si vous êtes assez fort pour me détruire, soyez assuré que je vous en réserve autant.
>
> – Vous m'avez fait beaucoup de compliments, monsieur Moriarty, lui répondis-je. Laissez-moi vous payer de retour : si j'étais sûr que la première éventualité se produisît, j'accepterais joyeusement, dans l'intérêt public, la deuxième.
>
> – Je puis vous en promettre une, mais pas les deux ! »
>
> Sur ce ricanement, il me tourna son dos voûté et quitta mon appartement [3].

Telle est la première – et l'avant-dernière rencontre – entre Holmes et Moriarty. Un personnage particulièrement mystérieux, qui n'apparaissait pas jusqu'alors dans le récit des aventures de Holmes, dont on ne sait pas grand-chose sinon qu'il est à la tête d'un gigantesque réseau lui permettant de contrôler le pays, et qui ne réapparaîtra pas dans la suite des aventures de Holmes, lorsque celui-ci aura ressuscité.

Sa création répond à une nécessité logique évidente, à savoir que seul un être extraordinairement doué – pour

2. *Ibid.*, p. 674.
3. *Ibid.*, p. 676.

le meurtre en l'occurrence – peut mettre Holmes en difficulté. En ce sens, Moriarty est une sorte d'anti-Holmes, ou même de double du détective, un miroir dans lequel celui-ci vient se refléter.

Mais il y a aussi une autre raison, plus secrète, à la création de Moriarty. Conan Doyle éprouve manifestement les plus grandes difficultés psychologiques à se débarrasser de son héros et il lui faut construire, pour parvenir à vaincre ses résistances intérieures, cette créature meurtrière abstraite, à la limite du fantastique, qui n'est pas sans annoncer le chien monstrueux de la lande de Dartmoor.

*

À la suite des menaces de Moriarty, Holmes décide de partir pour l'Europe et demande à Watson de l'y accompagner. Les deux hommes éprouvent beaucoup de mal à déjouer la filature de Moriarty et de ses hommes, qui vont jusqu'à louer un train spécial pour les prendre en chasse. Ils parviennent cependant en Suisse, au village de Meiringen, où ils prennent une chambre d'hôtel et décident d'aller admirer les chutes du Reichenbach :

> En vérité, l'endroit est terrifiant. Le torrent, gonflé par la fonte des neiges, se précipite dans un gouffre d'où l'écume rejaillit en tourbillonnant comme la fumée d'une maison en feu. La cheminée dans laquelle se rue le torrent est une brèche immense bordée de rocs luisants, noirs comme du charbon, et qui va en se rétrécissant pour aboutir à une cavité insondable où l'eau bouillonne et lèche avec rage les parois effritées. Le vertige vous prend à considérer longtemps cette masse d'eau verte qui rugit et cette écume qui plane dans un sifflement ininterrompu. Nous restâmes un bon moment devant le précipice, fascinés par l'éclat de l'eau qui venait se briser

> contre les rochers noirs et par le cri presque humain qui accompagnait le rejaillissement de l'écume contre le gouffre [4].

Un site qui n'est pas sans évoquer, on le voit, le paysage de marais qui sert de décor au *Chien des Baskerville*, dont les personnages risquent sans cesse de sombrer dans un gouffre aux limites incertaines, où le suspect principal finira lui-même par disparaître.

Holmes et son ami sont en train de contempler l'abîme quand ils voient courir vers eux un garçon du pays avec une lettre à la main. Celle-ci a été écrite par l'hôtelier, qui demande l'aide du docteur Watson pour soigner une de ses pensionnaires. Watson revient donc vers l'hôtel et laisse Holmes seul près des chutes :

> Mon ami m'annonça son intention de rester encore quelques instants près des chutes, puis il marcherait tranquillement vers Rosenlaui, où je le rejoindrais dans la soirée. En me retournant, j'aperçus Holmes adossé contre un rocher, les bras croisés, le regard perdu dans la contemplation de l'eau tourbillonnante. Ce fut la dernière fois que je le vis en ce monde [5].

Arrivé à l'hôtel, Watson se rend compte que personne ne l'y attend et qu'il a été berné. Il retourne alors aux chutes du Reichenbach, mais le détective a disparu. Ne restent plus de Holmes que son alpenstock et une lettre adressée à son ami, dans laquelle il lui révèle avoir compris qu'il s'agissait d'un piège tendu par Moriarty, mais être résolu à l'affronter. Il laisse entendre que ce combat leur sera fatal à tous deux (« Je suis satisfait à la pensée que je vais délivrer la société de sa présence, bien que je craigne que ce ne soit au prix d'un sacrifice qui attristera mes amis et vous spécialement, mon cher Wat-

---

4. *Ibid.*, p. 683.
5. *Ibid.*, p. 684.

son [6] »). Tout laisse ainsi supposer qu'une lutte a opposé les deux hommes et qu'ils ont roulé enlacés dans le gouffre.

Ainsi disparaît Sherlock Holmes, dans des circonstances dramatiques, mais également ambiguës, puisque le corps du détective n'est pas retrouvé et que l'on peut se demander dans quelle mesure Conan Doyle ne se réservait pas le droit, au moins inconsciemment, d'arracher un jour son héros à la mort pour lui faire vivre d'autres aventures.

*

Il est difficile aujourd'hui de se faire une idée de la violence des réactions qui accueillirent, en Angleterre mais aussi à l'étranger, le décès de Sherlock Holmes, événement qui est devenu le symbole même, dans l'histoire littéraire, de la puissance des mondes imaginaires et de notre difficulté à les séparer du monde réel.

La mort de Holmes commença à être connue avant même la parution du « Dernier problème » en décembre 1893. Dès novembre, certains journaux annoncèrent l'événement et déclenchèrent chez les admirateurs du détective, présents sur toute la planète, une immense inquiétude, adoucie seulement par l'espoir que l'écrivain ne se résoudrait pas à accomplir l'irréparable.

Quand la nouvelle fut officiellement connue et qu'il apparut que Conan Doyle avait mis ses menaces à exécution, de nombreux lecteurs en colère assaillirent les journaux de textes de protestation, et le *Strand*, qui publiait les nouvelles de l'écrivain, fut submergé sous le flot de lettres d'injures émanant de lecteurs en colère [7].

---

6. *Ibid.*, p. 686.

7. James Mc Cearney, *Arthur Conan Doyle*, La Table ronde, 1988, p. 175.

Certains s'adressèrent également, dans l'espoir de les faire intervenir auprès de Conan Doyle, à des membres du parlement, et même au Prince de Galles [8].

Conan Doyle lui-même reçut des lettres de menace de lecteurs furieux [9] et fut soumis à une intense pression de la part de ses proches, à commencer par sa mère, qui le supplia de ne pas mettre à mort son héros [10], événement qu'elle redoutait depuis longtemps et qui l'avait conduite à fournir elle-même à son fils des sujets de nouvelles, afin de prolonger la vie du détective.

L'annonce de la mort de Sherlock Holmes donna aussi lieu, dans les rues, à des scènes d'hystérie collective, certains lecteurs, qui ne parvenaient pas à maîtriser leur émotion, éclatant en sanglots en public. On raconte aussi que de nombreux jeunes gens, notamment dans la City, décidèrent d'arborer des brassards noirs pour signifier publiquement leur deuil [11].

*

Autre chose se joue ici que le regret compréhensible de ne plus pouvoir lire régulièrement les aventures du détective : un phénomène qui, par bien des côtés, s'apparente à une sorte de folie collective. Comment expliquer que la mort d'une créature de fiction puisse avoir de tels effets, sinon, précisément, en supposant qu'elle n'est pas entièrement une créature de fiction ?

La psychanalyse peut certes fournir quelques ébauches d'explication à de tels phénomènes de deuil, par exemple avec la notion d'identification. Dire que nous nous identifions à un personnage littéraire, c'est dire que, sur un plan inconscient, nous *devenons* ce person-

8. Michael Coren, *Conan Doyle*, Londres, Bloomsbury, 1995, p. 83.
9. *Ibid.*, p. 83.
10. James Mc Cearney, *op. cit.*, p. 165.
11. *Ibid.*, p. 175.

nage pendant un temps plus ou moins long, parce qu'il propose une image idéalisée de nous-mêmes et fournit ainsi une incarnation plausible à ce que nous aurions voulu être, ou à ce que d'autres auraient voulu que nous soyons.

Les phénomènes racontés par ceux qui ont décrit les réactions survenues à la mort de Sherlock Holmes ne sont pas ainsi, toutes proportions gardées, sans évoquer les processus décrits par Freud à propos des foules fanatisées, et que l'on retrouve à l'œuvre dans les mouvements de passion pour des acteurs ou des chanteurs. Sans doute n'y a-t-il pas ici de foule constituée, mais un même comportement psychologique rassemble les membres de ce culte littéraire, à savoir l'identification fusionnelle à un modèle commun.

Cette identification partagée présente une autre ressemblance avec le cas des foules fanatisées. Elle a pour effet de dissoudre les frontières du Moi – en le rendant plus perméable aux autres – et de le libérer par rapport aux interdits du Surmoi. Le sujet qui se trouve plongé dans cet état, lequel s'apparente à un état second, est donc capable d'actions qu'il ne se permettrait pas d'accomplir en temps normal parce qu'elles vont à l'encontre de ses principes conscients.

*

Il faut cependant aller plus loin que la reconnaissance des phénomènes d'identification entre les lecteurs et les personnages. Tout se passe dans ce cas *comme si certains lecteurs avaient élu domicile dans le monde de la fiction* et ne pouvaient plus en être arrachés sans une souffrance insupportable.

Pour certains lecteurs des aventures de Sherlock Holmes, le monde que ce dernier habite en compagnie du docteur Watson n'est pas un univers complètement imaginaire, mais possède bien une forme de réalité. Naturellement, dans la grande majorité des cas, cette croyance est inconsciente et celui qui en est victime sait parfaitement que Sherlock Holmes n'a jamais existé, et témoignera sans difficulté en ce sens si on l'interroge. Mais les choses se passent différemment au niveau inconscient, peuplé de toute une série de croyances délirantes, et où certains personnages imaginaires acquièrent une telle consistance qu'ils en deviennent réels.

Ainsi se trouve confirmée l'hypothèse évoquée plus haut, selon laquelle il existe, entre les mondes de la fiction et le monde « réel » un *monde intermédiaire* propre à chacun, plus ou moins investi selon les sujets, et qui exerce une fonction de transition entre l'illusion et la réalité. Ce monde n'est ni complètement imaginaire ni complètement réel, puisque viennent s'y croiser, en s'y mêlant, des habitants des deux univers.

Ce monde intermédiaire que chacun construit dans sa lecture peut certes devenir pathologique si le sujet n'est plus capable de faire la distinction entre la réalité et l'illusion. Mais il exerce aussi une fonction bénéfique en offrant au sujet, à peu de frais, la possibilité de remaniements identificatoires qui lui permettent d'améliorer l'image qu'il a de lui-même.

Ce monde intermédiaire n'a pas la rigueur de celui du fantasme, qui reste rivé à un scénario élémentaire et répétitif dont les conditions sont impératives. Le sujet n'occupe pas nécessairement dans cet espace de transition une place précise, au sens où il serait, de manière contraignante, Holmes ou Moriarty. Son identité y est souvent floue et mobile, et ses relations aux personnages littéraires peuvent demeurer indistinctes. Mais il en est bien un habitant et subit les effets psychologiques des événements qui s'y produisent.

Pour de nombreux admirateurs de Sherlock Holmes, sa disparition, de ce fait, ne correspond pas seulement à la suppression d'un plaisir de lecture. Elle constitue une intrusion violente dans leur monde intermédiaire et donc dans un espace qu'ils habitent intérieurement et qui fait partie d'eux-mêmes. À ce titre, c'est une authentique souffrance psychique qu'ils éprouvent, d'autant plus grande sans doute que leur monde a des territoires en partage avec celui d'autres lecteurs, et, comme dans le cas de la foule fanatisée, voit sa consistance ainsi renforcée.

*

Par définition cet espace intermédiaire est un lieu de passage. Il permet aux habitants du monde « réel » de venir habiter, à défaut de l'univers de l'œuvre, un monde qu'ils suscitent dans son prolongement et où ils peuvent rencontrer les personnages. C'est ce qui se produit dans le cas présent où les lecteurs de Conan Doyle quittent un temps la réalité pour venir habiter cet autre monde, dont ils se sentent expulsés par la disparition du détective.

Mais il n'est pas exclu que cette circulation se fasse aussi dans l'autre sens et que cette voie de passage puisse, à d'autres moments, servir aux personnages de la fiction pour sortir de l'univers où ils sont habituellement enfermés et pour rejoindre notre monde.

CHAPITRE III

LES ÉMIGRÉS DU TEXTE

Les réactions des lecteurs à la mort de Sherlock Holmes, en offrant une illustration saisissante des relations qui nous unissent parfois aux créatures de la fiction, ont à ce point marqué l'histoire littéraire qu'elles ont éclipsé un autre phénomène intimement lié à cette mort, à savoir les raisons pour lesquelles Conan Doyle avait décidé d'exécuter le détective.

Une décision totalement incompréhensible en apparence puisque Sherlock Holmes avait apporté à son créateur le succès et la fortune. Tenter de résoudre cette énigme s'impose d'autant plus pour nous qu'elle entretient, nous allons le voir, des liens étroits avec ce qui se passe dans *Le Chien des Baskerville* et avec l'échec du détective à trouver la solution de l'énigme.

*

Conan Doyle s'est exprimé à de nombreuses reprises sur les motifs pour lesquels il avait décidé d'en finir avec Sherlock Holmes : il souhaitait se consacrer au reste de son œuvre, laquelle présentait à ses yeux davantage de valeur, et méritait de ce fait toute son attention.

De nombreux lecteurs familiers des enquêtes du détective ignorent que celles-ci ne constituent qu'une petite partie d'une œuvre romanesque considérable en volume. Cette œuvre est constituée de récits d'aventures, souvent groupés en cycles, et qui se déroulent à différentes époques. Il en va ainsi de romans médiévaux – autour de la figure de sir Nigel –, de contes qui se situent sous le premier Empire – autour de la figure du brigadier Gérard –, d'une fresque consacrée à l'arrivée des premiers immigrants en Amérique – *Les Réfugiés* – et de romans de science-fiction.

À cette œuvre littéraire abondante il faut ajouter un grand nombre d'essais que Conan Doyle consacre aux problèmes internationaux dans lesquels il s'investit, comme la guerre des Boers, et à ce qui deviendra de plus en plus sa passion exclusive, le spiritisme, passion à laquelle il ira jusqu'à sacrifier son temps et sa réputation [1].

Or le paradoxe, pour ceux qui vivent à notre époque et ne connaissent plus que le cycle des aventures de Sherlock Holmes, est que Conan Doyle est beaucoup plus soucieux du reste de son œuvre que des exploits du détective, la raison principale de cette préférence étant qu'il juge ceux-ci d'un intérêt plus limité que les aventures de ses autres héros, auxquelles, dans le souci de sa postérité, il souhaite se consacrer.

*

Le souci de gagner du temps pour se consacrer au reste de son œuvre ou la crainte que celle-ci ne se trouve éclipsée par le succès des aventures de Sherlock Holmes ne peuvent cependant expliquer à eux seuls les sentiments développés peu à peu par Conan Doyle à l'encontre de son détective.

L'idée de se débarrasser de Holmes est venue très tôt

1. Sur cette seconde vie méconnue de Conan Doyle, lire Patrick Avrane, *Sherlock Holmes & Cie. Détectives freudiens*, Audibert, 2005.

à Conan Doyle. Il s'était engagé à l'origine pour une série de six nouvelles et avait consenti à en rajouter six autres. Mais avant même d'avoir terminé cette seconde série il écrit à sa mère : « Je pense tuer Holmes dans la sixième. Il m'empêche de penser à des choses meilleures [2]. » Sa mère est consternée et lui propose l'intrigue de l'une des plus célèbres nouvelles du détective, « Les hêtres rouges », sauvant ainsi pour un temps la vie de Holmes [3]. Mais celle-ci demeure en suspens, car Conan Doyle continue à penser à son forfait et au moyen de le mettre à exécution : « Un homme comme celui-là ne peut pas succomber à un petit rien ou à une mauvaise grippe, sa fin doit être violente et dramatique [4]. »

Quand Conan Doyle écrit que Holmes l'empêche de penser à des choses meilleures, on peut imaginer qu'il fait allusion à son souhait de poursuivre ce qui lui tient avant tout à cœur, à savoir les cycles de ses récits d'aventure. Mais on peut aussi se dire qu'il y a plus grave et que la question n'est pas seulement de savoir si le détective empêche son créateur d'écrire.

Tout se passe en effet comme si ce que lui reprochait son créateur, c'était de l'empêcher de vivre. À propos de ses relations avec Sherlock Holmes, Conan Doyle a cette formule qui en dit long sur l'angoisse dans laquelle le plonge sa cohabitation psychique avec le détective : « Si je ne tue pas Holmes, c'est lui qui me tuera [5]. » Formule qui ne fait pas seulement de Holmes un empêcheur d'écrire, mais une sorte de double menaçant, qui, à l'instar du Horla de Maupassant, se serait emparé de son psychisme.

Le sentiment qui semble ainsi s'imposer peu à peu dans les relations entre les deux hommes est la haine.

2. *Ibid.*, p. 165.
3. *Ibid.*
4. *Ibid.*, p. 166.
5. *Ibid.*, p. 129.

Conan Doyle ne supporte plus l'existence d'un personnage qui a pris trop d'importance dans sa vie sociale et intérieure, et auquel il est sans cesse assimilé par le public. C'est son identité même qui se trouve dès lors menacée par sa créature et c'est elle qu'il lui faut tenter de préserver, quel que soit le prix à payer.

*

Comment peut-on en venir à détester à ce point quelqu'un, alors même qu'on lui doit une telle réussite ? Ce qui apparaît à première vue comme un paradoxe ne l'est pas nécessairement pour l'inconscient, et l'on peut se demander dans quelle mesure ce n'est pas précisément parce qu'il lui doit la réussite que Conan Doyle se met à détester à ce point Sherlock Holmes.

Certains psychanalystes, notamment Gabrielle Rubin dans *Pourquoi on en veut aux gens qui nous font du bien* [6], ont mis l'accent sur l'ambivalence profonde qui nous unit à ceux qui nous viennent en aide, au point parfois, contre toute attente, de nous porter à les haïr, alors qu'il serait a priori plus logique d'éprouver envers eux de la reconnaissance. Un paradoxe apparent, mais qui n'est pas fait pour surprendre ceux qui sont familiers de la vie inconsciente.

S'il nous est apparemment bénéfique, celui qui nous veut du bien nous confronte avec violence, dans le même temps, à notre part de faiblesse, ce que nous pouvons difficilement lui pardonner. Une expérience qu'a sans doute connue Conan Doyle, à qui le reste de son œuvre est loin d'apporter la même reconnaissance éditoriale que les aventures de Sherlock Holmes, ce que le détective, par son succès même, ne cesse cruellement de lui rappeler.

6. *Pourquoi on en veut aux gens qui nous font du bien*, Payot, 2006.

De surcroît, contracter des dettes trop importantes envers autrui nous ramène à des situations infantiles de dépendance et nous rappelle l'impuissance fondamentale de l'enfance, que nous essayons avec énergie d'oublier dans notre vie adulte. D'anciennes dettes inconscientes se trouvent ainsi réactivées, entraînant avec elles la forte ambivalence qui s'attache aux figures parentales.

Dettes d'autant plus lourdes qu'elles sont insolvables, quand elles reposent sur un tel déséquilibre qu'il est impossible de penser un jour nous en acquitter. Comment Conan Doyle pouvait-il espérer ainsi restituer tout ce qu'un autre lui avait apporté – lui conférant même une identité nouvelle –, surtout quand cet autre, exagérément bénéfique, était un personnage littéraire ?

*

La question de savoir comment nous pouvons en venir à haïr quelqu'un qui nous veut du bien se redouble en effet de cette autre question, encore plus singulière, qui est de savoir comment on peut haïr à ce point quelqu'un qui n'existe pas.

La réponse la plus simple à cette question consiste à supposer que précisément – pour les raisons que nous avons commencé d'étudier plus haut – ce personnage littéraire existe, ou en tout cas qu'il a pris, pour celui qu'il occupe, une forme d'existence pouvant aller jusqu'à l'empêcher de vivre.

On est ainsi conduit à imaginer que pendant une partie de sa vie Conan Doyle s'est senti persécuté par un personnage dont il était certes le créateur, mais qui avait entrepris de l'envahir psychiquement, lui rendant l'existence impossible, le détruisant de l'intérieur et refusant avec obstination de se laisser mettre à mort.

Face à cette constatation, deux hypothèses sont possibles. L'une consiste à penser que Conan Doyle a été simplement victime de son imagination et qu'il s'est mis à se comporter, face à ce personnage de fiction, comme si celui-ci était un habitant du monde réel, oubliant les frontières qui séparent en théorie la réalité de la fiction.

Une autre hypothèse ne peut être totalement écartée. Elle consiste à tirer toutes les conséquences de la position théorique « intégrationniste » et à accepter l'idée que les personnages littéraires vivent leur vie de manière autonome, et qu'il leur arrive donc de quitter le monde qu'ils habitent pour venir temporairement séjourner dans le nôtre.

Cette hypothèse revient à considérer que les passages entre le monde de la réalité et celui de la fiction s'effectuent de fait dans les deux sens et que, s'il nous arrive parfois de « passer » dans le monde de la fiction, comme l'ont fait tous ceux qui n'ont pu accepter la mort de Sherlock Holmes, il arrive à ses habitants d'effectuer le trajet inverse et d'émigrer dans notre monde.

Admettre la possibilité de ce passage à l'envers revient à tirer toutes les conséquences du fait que les habitants du monde littéraire non seulement disposent d'une forme de réalité, mais également d'autonomie, et qu'à ce titre il est illusoire, comme pour les êtres du monde réel, de prétendre contrôler entièrement leurs actes.

*

Reconnaître cette autonomie du personnage littéraire, c'est se proposer de penser la littérature et la relation qu'entretiennent les écrivains et les lecteurs avec les créatures de fiction sur le modèle du *golem*.

Le golem est ce personnage de la littérature fantastique à qui son créateur a su insuffler une telle vie qu'il finit par lui échapper pour décider lui-même de son destin et commettre des actes initialement imprévus, pouvant aller jusqu'au crime [7]. Figure qui traverse les âges et les mythologies, et dont on peut deviner une première occurrence dans la légende grecque de Pygmalion.

Il y a bien quelque chose de fantastique dans la manière dont les admirateurs de Sherlock Holmes d'une part, Conan Doyle de l'autre, considèrent le détective à l'instar d'une personne vivante, dont ils souhaitent, selon les cas, la résurrection ou la mort. C'est que dans ce monde intermédiaire qu'ils habitent en commun avec les créatures de la fiction il n'y a plus guère de différence entre les modalités d'existence des uns et des autres.

On est ainsi porté à supposer que, passé un certain nombre d'enquêtes, le personnage de Sherlock Holmes a cessé, comme le golem, d'obéir aux injonctions de son créateur et a entrepris de mener sa vie propre, dans ces lieux intermédiaires entre les œuvres et les lecteurs où réalité et fiction se croisent et échangent leurs attributs.

Cette autonomie du personnage atteint son apogée lorsqu'il refuse de se laisser exécuter. Du combat entre Conan Doyle et Holmes, ce dernier sort en effet vainqueur. L'écrivain doit accepter en un premier temps de le faire revivre, probablement sous la pression de sa victime, puis doit renoncer définitivement – après *Le Chien des Baskerville* où il le ressuscite – à le mettre à mort, contraint de le laisser vivre d'autres aventures où il apparaît de nouveau au premier plan.

*

S'imaginer ainsi que les personnages littéraires sont cantonnés à l'intérieur des livres qu'ils habitent est une illusion dangereuse. L'exemple de Holmes et de la manière dont il persécutait son créateur montre bien que l'autonomie dont ils disposent leur permet à certains

7. Voir le roman de Gustav Meyrink.

moments de passer dans notre monde, pour y séjourner harmonieusement en notre compagnie ou pour perturber profondément notre existence.

En ce sens, c'est dans cette relation de l'écrivain et des lecteurs au personnage littéraire, davantage que dans le chien terrifiant qui hanterait la lande de Dartmoor, que se situe la véritable dimension fantastique du roman. Un livre dont il serait illusoire de limiter le magnétisme au texte seul, alors que celui-ci n'est que le centre d'un ensemble de phénomènes mystérieux dans lesquels se trouvent pris tous ceux qui prennent le risque de s'en approcher.

CHAPITRE IV

LE COMPLEXE DE HOLMES

Il convient donc de prendre au sérieux, beaucoup plus que ne l'ont fait jusqu'ici les théoriciens de la littérature, les relations qui se nouent entre les écrivains ou les lecteurs et les personnages à qui ils prêtent vie. Tout conduit en effet à penser que ces derniers, puisant des forces dans les sentiments passionnés que nous leur portons, sont en mesure par moments, échappant à tout contrôle, de s'émanciper et de prendre des initiatives, en circulant entre les mondes ou en accomplissant des actes imprévisibles à l'intérieur de celui dans lequel ils ont élu domicile.

*

La violence de la réaction des lecteurs lors de la disparition de Holmes, comme l'intensité du conflit entre l'écrivain et son détective incitent à créer une notion apte à rendre compte de la relation pathologique qui peut se nouer entre un habitant du monde réel et l'habitant d'un monde fictionnel, à l'intérieur de cet espace intermédiaire que chaque lecteur construit entre lui-même et l'œuvre.

Je propose d'appeler « complexe de Holmes » la relation passionnelle conduisant certains créateurs ou certains lecteurs à donner vie à des personnages de fiction et à nouer avec eux des liens d'amour ou de destruction. Les milliers de lecteurs qui se sont sentis abandonnés par leur héros en 1893 souffraient à des degrés divers de ce complexe, comme en souffrait Conan Doyle lui-même, incapable d'entretenir avec sa créature des relations apaisées.

Cette relation au personnage littéraire est parfois à ce point investie qu'elle peut provoquer des franchissements de la frontière perméable qui sépare le monde de la réalité de celui de la fiction. S'il repose sur l'incapacité à séparer la réalité de la fiction, le complexe de Holmes a aussi pour résultat d'encourager les créatures fictionnelles à l'autonomie, en leur insufflant une énergie dans laquelle elles puisent pour circuler entre les mondes ou pour suivre des menées personnelles.

Que le complexe de Holmes présente une dimension pathologique et puisse conduire à des formes de folie ne doit pas faire oublier qu'il constitue également une remarquable force de création et de compréhension des œuvres. C'est parce qu'il en était atteint que Conan Doyle, en nourrissant ses intrigues de la haine qu'il ressentait pour son détective, a pu le confronter à une multitude de périls originaux.

Et c'est parce que l'auteur de ces lignes n'est pas lui-même indemne d'un tel complexe qu'il est en mesure, davantage qu'un autre lecteur, de reconstituer les pensées secrètes de l'assassin, qu'il serait moins capable de démasquer si celui-ci n'exerçait sur lui une forme obscure de fascination, à l'intérieur du monde intermédiaire qui nous permet par moments, temporairement confondus l'un avec l'autre, d'entrer en relation.

*

Tout, dans *Le Chien des Baskerville*, livre pleinement marqué par le complexe de Holmes, porte les traces du conflit qui a opposé Conan Doyle à son personnage et de la haine qu'il n'a cessé de lui vouer, au point de se décider à le mettre à mort. Meurtre qui échoue une première fois dans « Le dernier problème », puisque l'écrivain est contraint de le faire revivre sous la pression du public, mais auquel vont succéder de nouvelles tentatives, symboliques cette fois, dans l'enquête qui marque la résurrection du personnage.

Les conditions mêmes de la publication du *Chien des Baskerville* sont significatives de l'intensité du conflit entre Conan Doyle et sa créature. Jusqu'au dernier moment, en effet, l'écrivain hésite à redonner vie à son détective, et n'accepte finalement de le faire figurer dans son roman – pour lequel il songe un temps se passer de Holmes – que si l'éditeur s'engage à doubler ses droits d'auteur [1].

Mais il n'accepte pas pour autant de gaieté de cœur le retour du détective, et cette réticence transforme le roman en une vaste *formation de compromis*, au sens freudien du terme. Compromis en cela que le texte exprime à la fois, et de façon contradictoire, la haine mortifère de Conan Doyle pour Holmes et, sous le poids de la culpabilité, la peur de s'abandonner au meurtre.

Il est difficile ainsi, quand on lit *Le Chien des Baskerville*, de ne pas être frappé par l'absence de Holmes dans la plus grande partie du livre. Après avoir, en compagnie du fidèle Watson, reçu à son domicile le docteur Mortimer, puis s'être entretenu avec Henry Baskerville, Holmes disparaît complètement de l'histoire et laisse son ami mener l'enquête à sa place. Cette délégation de pouvoir est sans équivalent dans l'ensemble des soixante enquêtes et il est difficile de ne pas percevoir dans cet effacement du héros l'équivalent d'une seconde mise à mort, cette fois symbolique.

1. James Mc Cearney, *op. cit.*, p. 240.

Par ailleurs, on l'a vu, si Sherlock Holmes réapparaît à la fin du récit, c'est pour multiplier les errements et les inexactitudes, au point que le lecteur est conduit à se demander si cette succession de maladresses ne serait pas elle aussi à inscrire au compte de l'ambivalence de son créateur envers un personnage qui a fini par l'exaspérer.

Tout se passe ainsi comme si Conan Doyle n'avait jamais véritablement accepté la résurrection[2] de son héros et comme si, contraint par son éditeur et son public, de lui redonner vie, il ne le faisait qu'à contrecœur et en prenant soin de le cantonner dans le livre à la place la plus réduite et la moins glorieuse possible.

*

Mais Conan Doyle ne se contente pas de tenter d'interdire à Sherlock Holmes l'accès à l'œuvre, puis de lui retirer l'enquête, il laisse également transparaître sa haine envers lui par la manière dont il le dépeint en ne cessant curieusement de l'associer aux forces du mal.

Cette accusation court tout au long du livre et joue à deux niveaux. Elle a d'abord partie liée avec la disparition de Holmes et la confusion entretenue par Watson entre le criminel qu'il pourchasse et la mystérieuse silhouette aperçue sur la lande, décrite en termes inquiétants dès sa première apparition :

> À ce moment se produisit un incident tout à fait imprévu, invraisemblable. Nous venions de nous lever pour rentrer au manoir. La lune était basse sur notre droite ; le sommet tourmenté d'un pic de granit se profilait contre le bord inférieur de son disque d'argent. Là,

---

2. Résurrection d'ailleurs partielle – comme si Conan Doyle, là encore, ne pouvait s'y résoudre – puisque l'histoire du chien des Baskerville est censée se passer avant la mort de Holmes et avoir été retrouvée après coup. La véritable résurrection aura lieu dans « La maison vide ».

> sculpté comme une statue d'ébène sur ce fond brillant, se dessina un homme au haut du pic. Ne croyez pas à un mirage, Holmes ! Je vous assure que de ma vie je n'ai rien vu d'aussi net. Pour autant que j'en pouvais juger à cette distance, l'homme était grand, mince, se tenait jambes écartées, bras croisés, tête baissée comme s'il méditait sur cet immense désert de tourbe et de granit qui s'étendait derrière lui. Il aurait pu être le noir esprit de ce lieu sinistre[3].

Si l'idée qu'il pourrait s'agir du criminel ne vient pas encore à l'esprit de Watson, l'ensemble du cadre dans lequel est présenté Holmes et surtout la manière dont il est décrit (« le noir esprit ») le rattachent aux forces maléfiques qu'il est en train de combattre.

Cette suspicion envers celui qui sera désormais appelé « l'homme du pic » s'accentue dans le second passage où Watson évoque l'existence de l'inconnu et avance l'hypothèse qu'il pourrait ne faire qu'un avec le personnage mystérieux qui, à Londres, a pris Henry en filature :

> Un inconnu donc nous surveille ici, de même qu'un inconnu nous a suivis dans Londres. Nous ne l'avons jamais semé. Si je pouvais lui mettre la main au collet, nous serions peut-être au bout de nos difficultés. C'est à ce but que je dois maintenant consacrer toutes mes énergies[4].

Que Holmes ait partie liée avec les forces du mal est redit en d'autres termes par Watson au moment où, parvenu dans la cachette de l'homme du pic, une cabane désaffectée, il s'apprête à découvrir son identité et trouve un mot ainsi libellé : « Le docteur Watson est allé à Coombe Tracy ».

> Pendant une minute je demeurai là avec le papier à la main, cherchant à deviner le sens de ce bref message.

3. *Op. cit.*, p. 109.
4. *Ibid.*, p. 112.

> C'était donc moi, et non Henry, qui étais pisté par cet inconnu ? Il ne m'avait pas suivi lui-même, mais il m'avait fait suivre par l'un de ses acolytes dont j'avais le rapport sous les yeux. Peut-être n'avais-je pas fait un seul pas sur la lande qui n'eût été observé et rapporté. Je me trouvais toujours en face de cette force mystérieuse, de ce réseau tendu autour de nous avec autant d'habileté que d'efficacité et qui nous retenait si délicatement que l'on se rendait à peine compte qu'on était dessous [5].

Bref, même si l'ambiguïté sera levée avec la découverte de la véritable identité de l'inconnu, la confusion de Watson conduit régulièrement à associer le détective à toute une série de qualifications péjoratives, dont on peut penser qu'elles expriment inconsciemment les sentiments profonds de l'écrivain.

*

L'arrivée de Holmes dans la cabane met évidemment fin aux hésitations de Watson quant aux intentions de son occupant (« Était-il notre ennemi, ou notre ange gardien [6] ? »), mais ne suffit pas à dissiper complètement l'impression maléfique qui s'attache au détective.

Celle-ci va prendre une autre forme dans le livre avec la confusion, non plus cette fois du détective et de l'assassin, mais du détective et du chien. Curieusement, en effet, le texte suggère à plusieurs reprises qu'il existe plus d'une ressemblance entre le détective et le monstre, alors qu'ils sont censés être des adversaires.

L'assimilation entre un détective de roman policier et un chien est antérieure à l'œuvre de Conan Doyle. Elle est suggérée dans les livres de l'un des écrivains qui l'ont inspiré, Émile Gaboriau. Elle ne vise pas à réduire ou à

5. *Ibid.*, p. 133.
6. *Ibid.*, p. 134.

caricaturer le détective, mais repose sur un réseau de métaphores implicites de l'activité policière, qui sont celles de la piste et de la chasse, métaphores qui tendent à assimiler l'activité du policier à celle d'un chien.

Elle tient aussi, plus simplement, à la nature des indices recherchés, tant chez Gaboriau que chez Conan Doyle. Leur ténuité a pour conséquence qu'il est souvent nécessaire de se baisser, voire de s'accroupir, pour les recueillir. Ils peuvent par ailleurs être d'ordre olfactif. La réunion de ces éléments conduit le détective à se placer dans des positions physiques où il est susceptible de ressembler à un chien.

Cette assimilation du détective à un chien est souvent reprise dans le cours des récits mettant en scène Sherlock Holmes. Elle apparaît ainsi dès la première des aventures du détective, *Une étude en rouge*, sous la plume de Watson, qui découvre le personnage et en fait le premier portrait :

> Tout en parlant, il sortit brusquement de sa poche un mètre en ruban et une grosse loupe ronde. Muni de ces deux instruments, il trotta sans bruit dans la pièce ; il s'arrêtait, il repartait ; de temps à autre il s'agenouillait et, même une fois, il se coucha à plat ventre. Il semblait avoir oublié notre présence ; il monologuait sans cesse à mi-voix ; c'était un feu roulant ininterrompu d'exclamations, de murmures, de sifflements, et de petits cris d'encouragement et d'espoir. Il me rappelait invinciblement un chien courant de bonne race et bien dressé, qui s'élance à droite puis à gauche à travers le hallier, et qui, dans son énervement, ne s'arrête de geindre que lorsqu'il retrouve la trace [7].

---

7. *Sherlock Holmes*, I, *op. cit.*, p. 30. Dans ce même texte fondateur, Holmes se compare de lui-même à un chien : « Je suis un chien de chasse » (p. 35).

Dans « Les plans du Bruce-Partington », commentant un changement de physionomie chez son ami, Watson note :

> Son visage aigu avait conservé cette expression d'énergie intense où je lisais qu'un élément neuf était intervenu pour stimuler son intelligence. Regardez un chien courant dans un chenil : il a les oreilles basses et la queue tombante. Regardez le même chien qui, muscles tendus et yeux luisants, court sur une piste bien chaude. Vous aurez une idée du changement qui s'était opéré sur Holmes depuis le matin [8].

Si elle n'est pas toujours aussi développée, la comparaison de Holmes et d'un chien est fréquente dans l'œuvre. Dans « L'aventure du pied du diable » ainsi, Watson décrit Holmes se redressant « sur sa chaise comme un vieux chien courant qui entend la fanfare des chasseurs de renard [9] ». Quelques pages plus loin, la comparaison s'accentue :

> Dès qu'il eut franchi le seuil de cet appartement, Holmes déploya une activité débordante. Il était dehors sur la pelouse, il rentrait par la fenêtre, il tournait autour du salon, il remontait dans la chambre. Il était comme un chien courant qui a levé son gibier [10].

Ainsi y a-t-il chez le détective, bien avant le livre qui placera le chien au centre de son intrigue, des affinités secrètes avec cet animal, qui exprimaient sans doute une ambivalence ancienne de l'écrivain pour sa créature, mais vont prendre toute leur ampleur avec *Le Chien des Baskerville*.

*

8. *Sherlock Holmes*, II, *op. cit.*, p. 592.
9. *Ibid.*, p. 648.
10. *Ibid.*, p. 658.

Répétitive dans l'œuvre, la comparaison de Holmes et du chien apparaît à nouveau lors de la confrontation entre le détective et le chien des Baskerville, au moment précis où celui-ci surgit de la nuit pour se précipiter sur Henry :

> De quelque part au cœur de ce brouillard rampant résonna un petit bruit continu de pas précipités, nerveux. Le nuage se trouvait à une cinquantaine de mètres de l'endroit où nous étions retranchés ; tous les trois nous le fixions désespérément, nous demandant quelle horreur allait en surgir. J'étais au coude-à-coude avec Holmes, et je lui jetai un coup d'œil : son visage était livide, mais exultant ; ses yeux luisaient comme ceux d'un loup, mais, tout à coup, ils immobilisèrent leur regard, s'arrondirent, et ses lèvres s'écartèrent de stupéfaction [11].

Cette assimilation du détective à un loup est encore plus saisissante si l'on remarque que le chien, dans la même scène, est inversement décrit sur le modèle du détective :

> À longues foulées, cet énorme chien noir bondissait, le nez sur la piste des pas de notre ami [12].

Cette ressemblance entre les deux figures antithétiques du livre, Holmes et le chien, est d'autant plus accentuée que le chien est associé à la lumière. Après l'avoir tué, Holmes et Watson se rendent compte qu'il a été enduit de phosphore, ce qui lui donne un aspect lumineux terrifiant. Or la lumière est explicitement associée à Holmes au début du livre, lorsque celui-ci reproche à Watson d'être un simple conducteur de lumière, et non, contrairement à lui-même, une véritable lumière [13].

---

11. *Op. cit.*, p. 165.
12. *Ibid.*, p. 166.
13. Voir *supra*.

Que Holmes ait une tête de loup et que le chien évoque le détective montre l'importance des brouillages identificatoires à l'œuvre dans cette dernière scène et marque combien le fantasme de mise à mort de Holmes reste prégnant dans l'imaginaire de Conan Doyle, au point d'infiltrer le dénouement du livre.

Il suffirait d'ailleurs pour s'en convaincre de noter l'étrange ressemblance entre le nom de Baskerville et celui de la célèbre rue où habite Holmes – Baker Street –, une ressemblance encore accentuée par la symétrie entre les deux noms de lieu, « ville » et « street », comme si Conan Doyle avait voulu inconsciemment, dès le titre du livre, qualifier Holmes de chien de Baker Street.

Remarquer ces points de ressemblance ne vise certes pas à accuser Holmes de meurtre, mais à prêter attention à la profonde ambivalence de l'écrivain envers sa créature, une ambivalence qui n'est pas sans effet sur l'intrigue, les tentatives de meurtre symbolique dont est l'objet le détective ayant des répercussions sur la lecture de l'autre meurtre – celui qui réussit – dont *Le Chien des Baskerville* est le récit.

*

Ainsi Conan Doyle, victime du complexe de Holmes, apparaît-il comme doublement dépassé par les créatures de sa fiction. La haine qu'il ressent pour son personnage a en effet deux conséquences. Elle a d'abord pour résultat de focaliser l'attention de l'écrivain sur le chien, alors même, on l'a vu, que sa responsabilité dans le meurtre est pour le moins douteuse, fixation tenant au déplacement qui s'opère, dans son esprit, du détective abhorré vers l'animal.

Par ailleurs, l'affaiblissement du personnage de Holmes, dont le dynamisme s'épuise, au fil du livre, dans sa lutte avec son créateur, a pour résultat de donner la plus grande autonomie à la créature maléfique qui organise les récits dans *Le Chien des Baskerville* et frappe sans le moindre scrupule pour parvenir à ses fins.

Absorbé par sa rivalité avec Holmes et ne cessant de lui nuire à son insu, Conan Doyle n'a pas pris conscience que celui-ci ne disposait pas de forces suffisantes pour mener efficacement l'enquête et s'opposer à la volonté meurtrière d'un autre personnage. Dévoré par sa haine pour sa créature, il n'a pas prêté attention à la seconde histoire de haine que le livre raconte à l'insu du lecteur, et a ainsi laissé le champ libre aux activités criminelles d'un golem plus discret, mais beaucoup plus terrifiant que son détective.

RÉALITÉ

CHAPITRE PREMIER

MEURTRE PAR LITTÉRATURE

Il existe deux manières de résoudre l'énigme du *Chien des Baskerville*. La première consiste à découvrir le point de vue à partir duquel l'ensemble de cette histoire peut se lire autrement, tous les événements prenant un sens différent dès l'instant où on cesse de les observer avec le regard imposé par l'assassin. Mais ce déplacement du regard ne survient qu'avec peine, et l'expérience montre qu'il est possible de relire le même texte pendant des années sans être capable de le percevoir sous le bon angle.

L'autre manière consiste à procéder logiquement à partir de la scène inaugurale du meurtre et de ses invraisemblances. Il suffit en effet, en appliquant la méthode de Holmes mais avec plus de rigueur, d'emboîter les déductions les unes dans les autres pour constater que tous les indices convergent inéluctablement, à condition de ne pas se laisser aveugler par le goût du sensationnel, vers une seule et même personne.

*

Revenons donc à cette scène du meurtre initial, d'autant plus frappante qu'elle s'inscrit dans le prolongement de la scène racontée par le document de 1742 et qu'elle est le moteur même de l'enquête de Holmes.

Elle pose un problème simple dont la solution l'est tout autant, et dont les conséquences, qui se suivent à la chaîne, sont considérables.

Le problème, on l'a vu, est celui de la réaction contradictoire du chien, qui tout à la fois se lance sur Charles Baskerville et stoppe son élan. Face à ce double mouvement, Holmes perd le sens commun et élabore l'interprétation sophistiquée d'un animal qui n'aimerait pas les cadavres et qui, ayant compris instantanément qu'il avait affaire à une crise cardiaque à l'issue mortelle, déciderait de rebrousser chemin.

Que des générations de lecteurs, voire de spécialistes de Holmes, aient pu accepter sans broncher une telle lecture laisse rêveur quant à l'étendue de la crédulité humaine. Un tel aveuglement montre en tout cas la puissance narrative de l'assassin, qui parvient à couler les faits les plus anodins dans une légende à laquelle enquêteurs comme lecteurs adhèrent ensuite sans protester, alors même qu'elle défie la vraisemblance.

L'étonnement est d'autant plus grand que la scène ne pose guère de problème d'interprétation, surtout pour les familiers des chiens. Si le chien de Stapleton court en un premier temps vers Baskerville et en un second temps freine son élan, c'est qu'il a échappé à son maître et que celui-ci l'a rappelé. Cette explication simple est la seule susceptible de rendre compte de la série des indices de la scène du crime – et au premier rang les traces interrompues –, à condition évidemment de cesser de projeter sur cette scène les éléments d'une histoire fantastique et d'accepter, serait-elle plus prosaïque, de voir la réalité telle qu'elle est.

*

Cette première déduction en entraîne immédiatement une autre, qui est peut-être décevante pour l'esprit mais ne peut être écartée : la conclusion logique de cette lecture de la scène du crime est qu'il ne s'agissait pas d'un meurtre, mais d'un accident.

Telle avait bien été d'ailleurs la conclusion des enquêteurs, que Holmes remet en cause à partir du témoignage du docteur Mortimer. Or ce témoignage tend plutôt à conforter la thèse de l'accident en lui apportant la pièce manquante, à savoir la cause de l'infarctus, jusque-là inexpliqué :

> Aucun signe de violence n'a été relevé sur la personne de sir Charles. La déposition du médecin insiste sur l'incroyable déformation du visage (si grande que le docteur Mortimer se refusa d'abord à croire que c'était son malade et ami qui gisait sous ses yeux). Mais des manifestations de ce genre ne sont pas rares dans les cas de dyspnée et de mort par crise cardiaque. Cette explication se trouva d'ailleurs confirmée par l'autopsie qui démontra une vieille maladie organique. Le jury rendit un verdict conforme à l'examen médical [1].

L'erreur de Holmes consiste, en partant des éléments nouveaux que lui apporte le docteur, à savoir les traces laissées par un chien gigantesque, à tirer immédiatement l'interprétation des faits vers le meurtre. Et donc à les dramatiser, alors même que ces éléments conduisent plutôt, même si elle est moins gratifiante pour l'imagination, vers l'hypothèse d'une autre forme d'accident, qui n'est plus immotivé, mais provoqué par un spectacle effrayant. Il n'est pas jusqu'à l'étrange déformation du visage qui ne trouve une explication plausible avec le témoignage du médecin, puisqu'elle peut être la conséquence du surgissement d'un chien terrifiant, sans pour autant impliquer que ce surgissement ait été volontaire.

Il y a donc une troisième voie possible entre la solution de la police – Baskerville a été tout à coup la victime

1. *Op. cit.*, p. 20.

d'une crise cardiaque immotivée – et celle de Holmes, selon laquelle la victime décèderait à la suite d'une agression par un chien, organisée à des fins criminelles. Dans cette troisième hypothèse, il y a bien eu début d'agression par un chien, puisque des traces l'attestent, mais leur interruption montre que l'agression n'a pas été menée jusqu'à son terme et qu'elle n'était donc pas d'origine criminelle.

Si l'on suit cette piste, il faut supposer que Stapleton s'est rendu lui-même au rendez-vous avec Charles Baskerville, pour lui demander d'aider sa maîtresse. Il était, comme dans chacune de ses promenades nocturnes, accompagné de son chien. Celui-ci, qu'il ait ou non été tenu en laisse, lui a tout à coup échappé pour se précipiter vers Baskerville. Son maître l'a immédiatement rappelé – explication la plus vraisemblable pour comprendre l'attitude du chien et ses traces –, mais sans pouvoir empêcher la crise cardiaque, complètement imprévue, de Baskerville. On peut comprendre dans ces conditions que Stapleton dissimule sa présence au manoir le soir du drame [2], sans pour autant le considérer comme un assassin.

*

Il est étrange de voir dans ce livre comment les enquêteurs, et avec eux le lecteur, sont systématiquement détournés des explications simples vers des explications fantastiques, certes plus séduisantes pour l'esprit, mais beaucoup plus invraisemblables.

Il en va ainsi de cet autre élément où Holmes perçoit très tôt une intention homicide, à savoir le caractère

2. Voire qu'il ait menacé Laura Lyons (« Il m'a terrorisée et m'a fait promettre de me taire. » [*Ibid.*, p. 159]). Mais comment croire, s'il avait tué Charles Baskerville, qu'il aurait laissé en vie la jeune femme, susceptible de l'accuser à tout moment ?

phosphorescent du chien. Celui-ci a été signalé par plusieurs passants de la lande et a largement contribué à créer la légende de la résurrection de l'animal diabolique. Et, de fait, lors de la scène finale le chien diffuse bien une sorte de lumière :

> C'était un chien, un chien énorme, noir comme du charbon, mais un chien comme jamais n'en avaient vu des yeux de mortel. Du feu s'échappait de sa gueule ouverte ; ses yeux jetaient de la braise ; son museau, ses pattes s'enveloppaient de traînées de flammes [3].

Si l'on fait abstraction du style grandiloquent de Watson, il est en effet indiscutable que le chien est recouvert d'une substance qui le rend phosphorescent. Et il n'y a pas de raison non plus de mettre en doute l'analyse de Holmes, suivant laquelle la substance en question est du phosphore [4]. Mais les conclusions qu'il en tire sont pour le moins rapides.

Il est impossible d'exclure que Stapleton, plus ou moins consciemment, ait pris plaisir à se promener la nuit sur la lande avec un chien de grande taille, capable de terrifier les paysans et de lui assurer la tranquillité. On ne peut non plus écarter l'hypothèse que cette idée lui ait été soufflée par quelqu'un qui avait intérêt à entretenir la légende de l'assassin au chien. Il demeure qu'un minimum de rigueur voudrait que toutes les hypothèses soient examinées, à commencer par la plus simple, avant de choisir entre elles.

Pour un scientifique épris de son chien et qui veut se promener avec lui la nuit sur une lande déserte et sans lumière, plongée fréquemment dans un épais brouillard, et où les marécages font courir un péril mortel à tout être vivant qui s'éloigne du chemin, faire en sorte, en l'enduisant d'une substance lumineuse, que l'animal

---

3. *Ibid.*, p. 165.
4. *Ibid.*, p. 167.

puisse être vu de loin, et donc secouru plus vite s'il s'enlise, n'est nullement l'indice d'une intention criminelle, mais avant tout une preuve d'attachement.

*

On comprend cependant que Holmes ne retienne pas l'hypothèse de l'accident, et ne l'examine même pas, alors qu'elle résulte logiquement de l'examen du type de mort et des traces, et qu'elle est même la seule à permettre de tenir compte de tous ces éléments. C'est qu'elle ne cadre pas avec sa vision du monde et son désir de trouver des meurtres. Elle est trop vulgaire pour un homme qui rêve de crimes grandioses commis des nuits de pleine lune dans des circonstances tragiques.

Or tout le travail de l'assassin pendant le livre consiste précisément à transformer la banale scène de l'accident inaugural en une scène de meurtre, en jouant à la fois sur la nature de la mort et sur l'atmosphère générale du drame. Ou, si l'on préfère, revient à commettre un meurtre en faisant croire qu'il y a eu meurtre.

Changer la nature de la mort initiale, ce n'est pas seulement faire croire à un meurtre là où il y avait simplement accident, c'est *inventer de toutes pièces un assassin au chien*. C'est faire revivre, sous une autre forme, la créature monstrueuse de la légende, en persuadant un Holmes épris de crimes abominables que la terreur règne sur la lande, une terreur qui appelle sa présence et le justifie d'exister.

C'est en effet tous les événements de cette histoire, même les plus anodins, qui sont subtilement transformés par le pinceau de l'assassin, dans le double sens du fantastique et du mélodrame. Quand on a compris que le meurtre est dans le récit de certains faits, dans l'insistance sur certains détails, dans le choix de certaines images, on commence à percevoir l'ampleur du truquage permettant à l'assassin de parvenir à ses fins.

En ce sens, on pourrait dire du meurtre raconté dans *Le Chien des Baskerville* qu'il est un *meurtre par littérature*, au sens où c'est le talent littéraire de l'assassin qui lui permet de réussir son meurtre, un meurtre d'autant plus astucieux que le roman qui le constitue est murmuré aux oreilles des dupes sans être jamais entièrement lisible. Un meurtre qui vient culminer dans une simple phrase, mais ne pourrait se perpétrer s'il n'était soutenu par l'immense talent de conteur du meurtrier, lequel parvient à faire voir en permanence la réalité autrement qu'elle n'est.

*

Si cette transformation va duper à la fois les enquêteurs et le lecteur, elle a un destinataire principal, Sherlock Holmes, dont la crédulité est le mécanisme même de cette histoire. Une histoire inventée et écrite pour lui, en tenant compte à l'avance de la moindre de ses réactions.

Dire de Holmes qu'il est le destinataire de cette histoire, ce n'est pas seulement rappeler qu'il en est le récepteur principal, puisque c'est lui qui mène l'enquête, c'est affirmer que sa présence en ce lieu est l'élément moteur du meurtre, qui n'aurait pu avoir lieu en son absence. L'assassin avait besoin de Holmes pour perpétrer son forfait, car le détective en est la pièce-maîtresse.

À plusieurs reprises dans le livre, Holmes se vante de ne pas croire en la thèse du chien meurtrier. Mais c'est pour mieux tomber prisonnier d'une autre légende à laquelle le meurtrier parvient à le faire adhérer, celle de l'assassin au chien, lequel exécuterait ses victimes à coup de crises cardiaques :

> « Je vous l'ai dit à Londres, Watson, et je vous le redis maintenant : jamais nous n'avons rencontré un adversaire plus digne de croiser notre fer [...] Nous ne pourrions rien prouver contre lui. C'est bien là son astuce infernale ! S'il agissait par l'intermédiaire d'un être humain, nous pourrions avoir une preuve, mais si nous exhibions ce gros chien à la lumière du jour, cela ne nous aiderait nullement à enrouler une corde autour du cou de son maître [5]. »

Plusieurs siècles après la scène primitive de la mort de Hugo Baskerville, Holmes entretient et diffuse une légende très proche, alors même qu'il pense en toute bonne foi s'être dépris du mythe initial. Le chien est certes cette fois accompagné de son maître, mais c'est toujours la même créature mythique qui commet des ravages sur les esprits les mieux structurés.

Une légende dont Holmes finit par être tellement convaincu lui-même qu'il s'en fait sans cesse le héraut auprès de ses compagnons. Au point qu'il est possible de le considérer comme le co-narrateur de cette histoire invraisemblable, brodant sur le canevas que lui tend obligeamment l'assassin, et ne se rendant pas compte qu'*il parle moins qu'il n'est parlé*.

Ce ne sont pas seulement les réactions de Holmes qui, hautement prévisibles, répondent aux attentes de l'assassin, ce sont aussi sa pensée et ses propos, où l'on entend, quand on y prête attention, une autre voix que la sienne, qui s'exprime par son intermédiaire pour guider les auditeurs et les lecteurs dans la direction choisie.

Co-narrateur, et même, d'une certaine manière, complice de meurtre, puisque non seulement celui-ci n'aurait pu être réalisé en son absence, mais parce qu'il aide sans s'en rendre compte, mais avec beaucoup de constance tout au long du livre, à sa réalisation.

---

5. *Ibid.*, p. 148.

*

Si Holmes est bien à son insu le co-auteur de cette histoire, il reste à identifier, parmi tous les narrateurs qui se relaient dans ce roman, celui qui ne cesse, en instillant subtilement la légende de l'assassin au chien dans l'esprit des protagonistes du drame ainsi que des lecteurs, de transformer, au service de ses propres intérêts criminels, leur perception de la réalité.

CHAPITRE II

LA MORT INVISIBLE

Une analyse logique des faits, libérée de l'obsession de voir à tout prix des meurtres là où il n'y en a pas, conduit donc à l'hypothèse plausible que la première mort racontée par le livre, celle de Charles Baskerville, était un accident. Mais cette hypothèse est loin de résoudre tous les problèmes en suspens et elle ne réduit pas pour autant l'histoire qui nous est racontée à un simple fait divers.

Que la scène inaugurale ne soit pas une scène de meurtre, mais d'accident n'implique pas en effet que *Le Chien des Baskerville* ne comporte aucun meurtre. Mais cette première clarification était nécessaire pour cesser de voir l'ensemble de cette histoire par les yeux de Holmes et de celui qui lui en souffle à dessein une lecture orientée, et pour essayer de comprendre ce qui s'est effectivement passé, voici plus d'un siècle, sur la lande de Dartmoor.

*

Que la mort de Baskerville soit un accident – et il en va ainsi que le docteur ait ou non menti – n'implique pas pour autant que *Le Chien des Baskerville* ne soit pas une affaire criminelle, bien au contraire.

L'atmosphère générale dans laquelle se déroule l'histoire laisse d'abord penser – quitte à accorder un poids excessif à la subjectivité – que des forces obscures sont bien à l'œuvre sur la lande et que règne dans l'ombre une intelligence maligne, encore plus pernicieuse que celle que Holmes s'imagine naïvement avoir démasquée.

Il est par ailleurs difficile d'oublier que l'on meurt beaucoup dans ce livre. Il n'y a en effet pas moins de trois personnes – Charles Baskerville, Selden et Stapleton – qui décèdent en un temps bref sur la lande du Devonshire, et deux autres – Henry Baskerville et Béryl Stapleton – qui manquent de peu de mourir. Une simple évaluation statistique donne à penser que le taux de mortalité ou d'accident est anormalement élevé aux alentours du manoir de Baskerville.

Par ailleurs, si l'hypothèse de l'accident permet de résoudre le mystère de la mort de Charles Baskerville, elle laisse irrésolues de nombreuses énigmes. Qui est ainsi le mystérieux personnage barbu qui prend en filature à Londres Henry et Mortimer et pourquoi tient-il autant à attirer l'attention du détective en lui empruntant son nom ? Qui a envoyé la lettre avertissant d'un danger Henry Baskerville ? Qui a ficelé Béryl Stapleton et pourquoi ? Et comment expliquer la chaussure opportunément oubliée au bord du chemin ?

*

Comment serait-il donc possible que *Le Chien des Baskerville*, construit autour du récit d'un accident, soit tout de même une histoire de meurtre ? La question contient sa réponse : en faisant l'hypothèse qu'il existe dans le livre *un autre meurtre*, d'autant plus facile à exécuter qu'il échappe au lecteur et aux enquêteurs, focalisés sur l'histoire du chien, dont le volume, physique et narratif, empêche de voir le reste.

Dans la plupart des textes de facture policière l'assassin tente de déjouer l'enquête en faisant en sorte que celle-ci ne conduise pas à l'établissement de sa culpabilité. Ainsi se construit-il un alibi, ou dissimule-t-il le motif qui l'a conduit à agir, ou encore fait-t-il peser les soupçons sur un autre suspect.

Cette période de l'enquête est particulièrement délicate pour l'assassin, d'autant qu'il reste sous la menace permanente, même si un autre suspect a été arrêté, de la voir un jour ouverte à nouveau. Elle est à l'évidence le point faible des entreprises criminelles, et elle conduit fréquemment à l'arrestation du coupable.

Parmi les innombrables moyens dont dispose un assassin pour dissimuler son forfait, il importe de ne pas oublier que les menaces qui pèsent sur lui ne tiennent que dans la mesure où il y a meurtre identifié. Plutôt que d'échapper à l'enquête, il lui suffit donc de faire en sorte, en supprimant le meurtre lui-même, qu'il n'y ait pas d'enquête du tout, et il est alors assuré de l'impunité.

*

Cette méthode de dissimulation n'a pas échappé aux spécialistes du crime. Dans l'un de ses meilleurs romans, *L'Heure zéro*, Agatha Christie raconte ainsi comment un assassin tente de mettre à mort sa victime en faisant en sorte que ce meurtre ne soit jamais identifié comme tel.

Le héros du livre, Nevile Strange, tennisman professionnel, exécute sa vieille tante, lady Tressilian, en se servant d'une raquette lestée de plomb. Il dispose ensuite, dans la maison du crime, deux séries d'indices. La première série tend à l'accuser lui-même du meurtre, mais de manière si grossière que la police, soupçonneuse devant une telle maladresse, finit par avoir des doutes et en vient à supposer que l'assassin a tout fait pour détourner les soupçons vers Nevile Strange.

Elle est alors conduite à porter son attention sur une

seconde série d'indices, plus discrète, qui accuse cette fois l'ancienne femme de Nevile Strange, Audrey. Celle-ci est arrêtée et accusée, non seulement du premier meurtre, mais d'avoir tenté de faire inculper Strange, et, sans la perspicacité des enquêteurs, elle serait condamnée à mort et pendue.

Ce qui ferait le bonheur de l'assassin, Nevile Strange, lequel n'a tué sa tante que pour faire exécuter Audrey, qui l'a quitté et dont il désire se venger. Le premier meurtre – celui commis avec une raquette et dont lady Tressilian est la victime – n'a en effet aucune importance aux yeux de l'assassin. Il n'a pour fonction que de dissimuler le second – la tentative de pendaison d'Audrey –, en le rendant invisible :

> « Voulez-vous dire par là, demanda Mary Aldin, que la mort de lady Tressilian est due à un long enchaînement de circonstances ?
>
> – Non, miss Aldin, pas la mort de lady Tressilian. Celle-là est seulement... une étape. Pour le meurtrier, elle n'est qu'un incident accessoire. Le meurtre dont je parle, *c'est le meurtre d'Audrey Strange*[1]. »

Ainsi le véritable meurtre de *L'Heure zéro* passe-t-il complètement inaperçu de la police comme du lecteur, lesquels, comme dans un tour de magie où l'essentiel est de détourner l'attention du public du lieu de l'action, ont le regard braqué sur le meurtre de la vieille femme et, perdant leur temps et leur énergie à l'élucider, ne se rendent pas compte qu'un autre meurtre est en cours sous leurs yeux, escamoté par le premier.

*

Tout nous porte à croire que c'est à un dispositif de ce type que nous assistons dans *Le Chien des Baskerville*.

---

1. *L'Heure zéro*, Le Masque, 1957, p. 232. Souligné par l'auteur.

Avec son histoire d'assassin au chien, le criminel parvient à détourner complètement le regard des enquêteurs et des lecteurs de la véritable scène de meurtre, au point que celui-ci ne donne lieu à aucune enquête et s'anéantit de ce fait comme meurtre, assurant à son auteur une impunité complète.

Un meurtre qui, comme dans *L'Heure zéro*, ne doit pas être inscrit en un moment précis du temps – même si la mort physique de la victime peut être précisément située –, mais se déroule pendant toute l'histoire sous les yeux du lecteur, lequel assiste sans s'en rendre compte, comme dans le roman d'Agatha Christie, à une lente exécution. Dans cette perspective, le livre n'est pas le récit d'une enquête, mais la narration secrète d'une interminable mise à mort dont le lecteur est le voyeur inconscient et complice.

Il existe cependant deux différences majeures entre les deux histoires. La première est que l'assassin du *Chien des Baskerville* n'a nul besoin de commettre un premier meurtre pour effectuer le second. Il lui suffit de profiter habilement de l'accident dont est victime Baskerville, en transformant celui-ci en meurtre. En ce sens, son forfait est une plus grande réussite que celui raconté par Agatha Christie, puisqu'il est effectué avec une plus grande économie de moyens et qu'il n'implique même pas de se salir les mains.

Réussite d'autant plus grande – et là est l'autre différence majeure – que l'assassin du *Chien des Baskerville* parvient à ses fins là où Nevile Strange échoue, et qu'Audrey Strange est sauvée de la pendaison grâce à la sagacité de la police, alors que la victime du livre de Conan Doyle est exécutée avec la complicité de Holmes sans que son assassin, plus d'un siècle après son crime, ait jamais été inquiété.

*

Dès lors que l'énigme du *Chien des Baskerville* est posée en ces termes et qu'est examinée l'hypothèse du meurtre invisible, la solution est rapide, puisqu'il n'y a que trois morts dans le livre. Nous avons vu que tout conduisait à faire du décès de Charles Baskerville un accident, même si la lecture de cet accident participe au meurtre véritable.

Il semble bien en aller de même pour Selden d'après l'examen des circonstances de sa mort, et, s'il est vrai que celle-ci arrange beaucoup de monde, et notamment sa famille, il est difficile d'imaginer qu'elle soit le résultat d'un complot savamment élaboré, alors qu'il suffirait à ses proches d'indiquer son emplacement à la police pour s'en débarrasser définitivement.

Ce qui nous amène au troisième décès, qui n'est jamais interrogé et passe complètement inaperçu alors qu'il pose tout de même un certain nombre de questions, celui de l'homme que nous avons en un premier temps innocenté comme l'assassin, Jack Stapleton.

CHAPITRE III

LA VÉRITÉ

Il n'est nullement étonnant que la mort de Stapleton passe totalement inaperçue, puisque c'est à la rendre telle que travaille l'assassin depuis le début de l'histoire. Obnubilé comme les enquêteurs par les prétendus crimes du mystérieux tueur au chien, le lecteur – comme l'écrivain – ne prête aucune attention au seul meurtre qui compte aux yeux de l'assassin, et, dessaisi à son insu d'une enquête dépourvue d'objet, ne peut s'engager dans la recherche de la vérité.

*

Et il ne peut le faire puisqu'il n'y a précisément pas meurtre, et donc aucune raison de mener une enquête. Les quelques allusions à la mort de Stapleton, disséminées dans l'œuvre, montrent à quel point il s'agit d'un non-événement – plus une disparition qu'une mort –, qui ne mérite à ce titre aucun commentaire particulier.

La première allusion à cette mort figure dans le passage où Holmes et Watson libèrent Béryl. À la question des deux hommes sur ce qu'est devenu son mari, la jeune femme répond qu'il n'a pu fuir que dans un seul endroit, l'île au cœur du grand bourbier où il cachait son chien. Et, comme Holmes, voyant l'épaisseur du brouillard, remarque que personne ne pourrait s'y orienter, la jeune femme confirme qu'il n'a aucune chance de retrouver son chemin [1]. Dans cet échange la mort n'est même pas évoquée directement, mais simplement suggérée par Béryl, sans susciter de suspicion quant aux causes du décès.

Et il en va de même pour le passage où cette mort est annoncée, qui raconte la journée du lendemain. Le brouillard s'étant levé, Holmes et Watson se laissent guider par Béryl à travers le bourbier. C'est grâce à ce guide qu'ils découvrent le soulier théoriquement abandonné par Stapleton, soulier qui montre, d'après Holmes, que le naturaliste est parvenu vivant jusque là [2]. Mais les conditions mêmes de la mort demeurent indécises :

> Mais nous ne devions pas en savoir davantage ; ce ne fut pas faute d'éléments de conjectures. Nous n'avions aucune chance de retrouver des traces de pas dans le bourbier, car la boue les recouvrait aussitôt ; mais quand nous atteignîmes enfin un sol plus ferme de l'autre côté du marécage nous les cherchâmes, et nous n'en découvrîmes aucune. Si la terre ne nous mentit point, Stapleton ne parvint jamais à cette île-refuge vers laquelle il s'était précipité à travers le brouillard. Quelque part au sein du grand bourbier de Grimpen, au fond de cet immense marais qui l'a aspiré, cet homme au cœur insensible et cruel est enterré pour l'éternité [3].

On ne saurait mieux priver cet homme de sa mort qu'en admettant que celle-ci est sans lieu, et qu'il est même impossible d'être assuré qu'elle s'est effectivement produite.

Non-événement sans lieu ni date, et à la probabilité mal assurée, la mort de Stapleton est totalement gommée

1. *Op. cit.*, p. 170.
2. *Ibid.*, p. 172.
3. *Ibid.*

de l'histoire, et ne peut de ce fait donner lieu à la moindre enquête. Ainsi son assassin a-t-il réussi la performance de faire disparaître son forfait, et, dans le même mouvement de dissimulation, de s'effacer lui-même.

*

Si l'on accepte cette perspective que *Le Chien des Baskerville* raconte la lente exécution de Stapleton, il faut en déduire que l'erreur des enquêteurs tient à leur incapacité à saisir le mobile de l'assassin, qui n'est pas l'argent, mais la haine. Car le roman de Conan Doyle ne raconte pas seulement la haine de l'écrivain pour son détective, il dit aussi, à un second niveau, une autre histoire de haine, et tout dans la mort de Stapleton, réalisée sous les yeux du lecteur tout au long du livre, exprime ce sentiment chez l'assassin.

On peut supposer que l'existence médiocre qu'offrit Stapleton à cette ex-reine de beauté du Costa-Rica [4] qu'était Béryl ne fut pas pour rien dans le désir précoce de celle-ci de s'en débarrasser. Mais c'est la découverte de sa liaison avec Laura Lyons qui constitua probablement l'élément décisif. Sherlock Holmes passe très près de la vérité à plusieurs moments, comme s'il l'avait inconsciemment perçue.

Au moment, ainsi, où il « libère » la jeune femme, celle-ci se répand en insultes contre son mari, qu'elle traite d'« immonde personnage [5] », s'attirant cette remarque de Holmes, d'une profondeur qui lui échappe sans doute : « Vous ne lui voulez guère de bien, madame [6] ! »

Mais c'est un peu plus tard que le détective s'approche encore plus près de la vérité. Récapitulant l'affaire

4. *Ibid.*, p. 175.
5. *Ibid.*, p. 169.
6. *Ibid.*, p. 170.

à l'intention de Watson, et s'inspirant du témoignage de Béryl, Holmes raconte comment l'atmosphère avait dégénéré dans le couple après la mort de Baskerville, dont Béryl accusait son mari, et comment une scène furieuse les opposa, au point que Stapleton aurait été contraint de la ligoter :

> « Sa fidélité vira instantanément à la haine, et il comprit qu'elle le trahirait. Il la ligota afin qu'elle n'eût aucune chance de prévenir Henry, et il espérait sans doute, une fois que tout le pays aurait mis la mort du baronnet au compte de la malédiction qui pesait sur sa famille, la placer devant le fait accompli, la reprendre en main, et la réduire au silence. En cela je crois qu'il avait fait un faux calcul et que, si nous n'avions pas été là, son destin n'en aurait pas moins été scellé. Une femme qui a du sang espagnol dans les veines n'absout pas facilement une offense aussi grave [7]. »

Excellente analyse, à ceci près qu'elle ne trouve pas son point d'application dans ce qui se serait hypothétiquement passé, mais dans ce qui s'est effectivement produit : Béryl Stapleton, en effet – c'est le moins que l'on puisse dire –, n'avait pas absous l'offense dont elle avait été l'objet.

*

Accuser Béryl Stapleton d'avoir minutieusement organisé la mise à mort de son mari n'implique pas de présenter celui-ci comme un modèle de vertu. Il est ainsi possible qu'il se soit rendu coupable de malversations à l'époque où il dirigeait le collège d'où il dut s'enfuir, même s'il est plus vraisemblable, vu ce que nous connaissons de son caractère, que les problèmes ren-

7. *Ibid.*, p. 183.

contrés tenaient plus à sa distraction et à son incapacité à gérer les affaires.

Par ailleurs, Stapleton a bien acheté de façon clandestine un énorme chien, avec lequel il prenait, on peut le supposer, un certain plaisir à terroriser les paysans crédules de la région, s'assurant ainsi la plus grande tranquillité possible pour se promener et mener ses recherches scientifiques.

Mais faire preuve de légèreté dans la gestion des affaires publiques ou prendre plaisir à des plaisanteries douteuses n'implique pas d'être un meurtrier. Et l'implication de Stapleton est peu crédible, sauf à supposer qu'il choisirait pour un meurtre dont il ne tirerait aucun bénéfice des moyens absurdes et ferait ensuite tout son possible pour se faire remarquer, alors même que la police a conclu à un accident.

Holmes le ressent bien quand il évoque les virtualités criminelles de Béryl, l'élément fort de ce couple est la femme, non le personnage falot de son mari, terrifié par son épouse et réfugié dans l'univers de ses recherches. C'est d'elle, et non de son inconsistant compagnon, que vient la menace que l'on sent présente à l'arrière-plan tout au long du livre [8].

*

Si Béryl pensait depuis longtemps se débarrasser de son mari, deux faits vont concrétiser son désir de meurtre et hâter sa réalisation. Le premier est l'accident dont est victime Charles Baskerville.

L'a-t-elle appris par son mari ou a-t-elle deviné ce qui s'était passé ? Toujours est-il que Béryl va immédiate-

8. Dans notre hypothèse, c'est Béryl qui, furieuse de se savoir trompée, refuse à Stapleton, peut-être à la suite d'une première incartade, le droit d'apparaître publiquement comme son mari.

ment consacrer toute son énergie à transformer cet accident en meurtre et surtout à susciter autour de lui une atmosphère maléfique, ou, si l'on veut, à créer de toutes pièces le personnage de l'assassin au chien. Tout le séjour londonien porte la marque de cette fabrique littéraire d'une légende, où une main pernicieuse réécrit dans la langue du mystère les événements les plus anodins.

Sur le fait que Béryl aurait, à Londres, été enfermée par son mari dans sa chambre d'hôtel, nous ne disposons que de son seul témoignage. Étrange hôtel au demeurant où les chambres ne sont jamais faites par le personnel, puisque toute visite d'une femme de ménage permettrait à la captive de s'échapper. Il est plus vraisemblable de supposer que, loin d'être retenue prisonnière – fantasme sur lequel nous aurons l'occasion de revenir plus loin –, la jeune femme conseilla par prudence à son mari de ne pas se faire voir et prit les choses en main.

C'est elle, on le sait, qui rédige la lettre de menace à Henry (comment l'enverrait-elle si elle était enfermée ?), manière d'épaissir l'atmosphère et d'aiguiser l'intérêt du détective. Mais c'est elle, surtout, qui suit dans Londres Henry et Mortimer. Deux éléments, dans la description du mystérieux occupant du fiacre, tendent à accréditer la thèse que le passager n'est autre que Béryl déguisée.

Le premier élément porte sur la taille de l'occupant du fiacre, ainsi décrit par le cocher :

> Je dirais qu'il avait une quarantaine d'années, qu'il était de taille moyenne, une dizaine de centimètres de moins que vous, monsieur [9].

La taille est dite moyenne par rapport à Sherlock Holmes, auquel le cocher compare l'inconnu. Le détective étant traditionnellement décrit comme un homme

9. *Ibid.*, p. 57.

de grande taille, on peut considérer que l'inconnu est au moins de taille moyenne, et sans doute plutôt grand. Or cette caractéristique ne correspond pas du tout à Stapleton, présenté, lui, comme de petite taille :

> Il pouvait avoir entre trente et quarante ans ; il était petit, mince, blond, tout rasé [10].

En revanche, la taille pourrait correspondre avec celle de Béryl :

> Le frère et la sœur ne se ressemblaient guère : Stapleton était banalement neutre avec ses cheveux blonds et ses yeux gris ; par contre je n'avais jamais vu brune plus éclatante que sa sœur. Elle était grande et mince, racée. Sa figure était fine, et si régulière de traits qu'elle aurait pu passer pour inexpressive sans la bouche sensible et les yeux d'un noir ardent [11].

Surtout si l'on tient compte du fait qu'une femme considérée comme grande l'est généralement moins qu'un homme, Béryl semble avoir parfaitement la taille de la figure entrevue dans le fiacre, ce qui n'est pas le cas de son mari.

Mais un autre élément, portant cette fois sur le regard, attire également l'attention. Alors que les yeux de Stapleton n'ont rien de particulier, ceux de Béryl sont dits d'un noir ardent (« *beautiful dark, eager eyes* [12] »), ce qui, là encore, correspond à l'image laissée à Watson par l'inconnu du fiacre :

> J'aperçus une barbe noire hirsute et deux yeux perçants qui nous dévisageaient à travers la vitre latérale du fiacre [13].

---

10. *Ibid.*, p. 72.
11. *Ibid.*, p. 78.
12. Arthur Conan Doyle, *The Hound of the Baskervilles*, Penguin Books, 2001, p. 70.
13. *Op. cit.*, p. 43.

(*I was aware of a bushy black beard and a pair of piercing eyes turned upon us through the side window of the cab*[14]).

Si les deux expressions (« *dark, eager eyes* » et « *piercing eyes* ») ne sont pas identiques, elles mettent toutes les deux l'accent sur une qualité de ce regard, son intensité, dont celui de Stapleton est singulièrement dépourvu.

Il est regrettable que Holmes, qui consacre beaucoup de temps au début de son enquête à tenter d'identifier l'occupant du fiacre, se désintéresse ensuite complètement de la solution du problème. Sans être rédhibitoire (rien n'est plus subjectif que l'évaluation d'une taille ou de l'intensité d'un regard), la divergence sensible entre les descriptions de Stapleton et du passager d'une part, la ressemblance de ce dernier avec Béryl de l'autre, ne sont pas sans poser question, d'autant que le passager prend manifestement soin de s'exprimer très peu, comme s'il craignait que sa voix ne trahisse son genre.

*

S'exprimant peu, le mystérieux occupant du fiacre veille cependant à bien préciser sa profession et son nom à l'intention du cocher, comme s'il était pour lui de la plus haute importance que celui-ci enregistre le message et le transmette à Sherlock Holmes.

Il est difficile de comprendre quel motif pourrait pousser Stapleton à cette double précision, complètement au rebours de ses intérêts objectifs. S'il est bien responsable du meurtre, il n'a aucun intérêt, bien au contraire, à attirer l'attention d'un détective aussi perspicace que Sherlock Holmes sur une affaire qui s'est parfaitement déroulée et sur laquelle personne n'en-

14. *The Hound of the Baskervilles*, *op. cit.*, p. 39.

quête [15]. Ayant réussi à transformer le meurtre de Baskerville en accident, il serait insensé de donner la moindre touche de mystère à l'affaire, avec le risque de susciter les doutes du détective.

En revanche, la déclaration d'identité prend tout son sens si l'on suppose que l'occupant du fiacre est Béryl. Celle-ci, en effet, a besoin de Sherlock Holmes, non pour résoudre l'enquête, *mais pour qu'il y ait enquête, et par là meurtre*. C'est l'enquête, ici, qui suscite après coup le meurtre, et non l'inverse, comme dans la plupart des affaires criminelles.

Or qui de plus parfait, pour produire de l'enquête, que Sherlock Holmes en personne ? Par sa seule présence, l'enquêteur des enquêteurs suscite du mystère et est donc capable, par son caractère soupçonneux et l'assurance de son infaillibilité, de transformer en affaire criminelle l'événement le plus quelconque, a fortiori un accident mortel.

Le voyage à Londres des Stapleton, manigancé par Béryl [16], est donc la pièce-maîtresse du meurtre du naturaliste, car elle permet de construire un dispositif où

15. Tel est aussi le point faible de la thèse suggérée par Christophe Gelly dans *Le Chien des Baskerville. Poétique du roman policier chez Conan Doyle*, Presses Universitaires de Lyon, 2005. S'inscrivant dans le prolongement de *Qui a tué Roger Ackroyd ?*, Christophe Gelly suggère de manière ludique que le docteur Mortimer pourrait avoir été le complice de Stapleton (p. 112-116). L'hypothèse d'une collusion entre les deux hommes a été récemment reprise par François Hoff dans « Le chien des Baskerville : une erreur judiciaire ? », in *Le Carnet d'Écrou. Revue d'études holmésiennes et autres. Section strasbourgeoise des Évadés de Dartmoor*, numéro 5, janvier 2006. Elle se heurte à cet argument majeur que Mortimer, s'il est complice, n'a aucun intérêt, bien au contraire, à attirer l'attention de Sherlock Holmes sur ce meurtre. Sauf à penser comme François Hoff, ce qui ne nous convainc pas complètement, que Jupiter rend fous ceux qu'il veut perdre !

16. On peut supposer qu'elle a, pendant de longues semaines, fait pression auprès de Mortimer, directement ou par le biais de Stapleton, pour qu'il demande de l'aide à Sherlock Holmes, pression d'autant plus efficace que le docteur est obsédé par le chien.

Sherlock Holmes occupe la place centrale, celle de caution, voire de créateur, d'un meurtre inexistant, lequel permet, avec sa complicité aveugle, la réalisation du véritable meurtre.

*

Si l'accident de Baskerville est le premier élément déclencheur de la décision de meurtre, le second est la rencontre de la jeune femme avec Henry. Elle aperçoit l'héritier à Londres lors de ses filatures, mais elle fait surtout sa connaissance sur la lande. Or, non seulement Henry est bel homme, mais il manifeste rapidement son intention de l'épouser.

L'occasion est inespérée. Le projet de meurtre, encore inachevé, se concrétise définitivement. Encore une fois, c'est la haine qui est à l'origine de ce meurtre, et elle seule suffit à l'expliquer. Mais qu'il rende de surcroît richissime la meurtrière n'est certainement pas fait pour lui déplaire, faisant à ce double titre de son acte un meurtre parfait, non seulement par ses conséquences financières, mais aussi par son élégance et sa simplicité.

CHAPITRE IV

ET RIEN QUE LA VÉRITÉ

Dès lors que les enquêteurs sont sur place, Béryl poursuit dans la même voie qu'à Londres. Tout le monde est maintenant persuadé que la mort de Charles Baskerville est un meurtre. L'essentiel est de continuer à susciter autour de l'histoire la même atmosphère d'angoisse, en s'aidant de l'appui considérable que représentent la présence de Holmes et sa passion pour le mystère.

C'est dans cette optique que Béryl confie sa peur à Watson, qu'elle fait semblant de prendre pour Henry Baskerville. Les ayant tous deux aperçus à Londres, elle est tout à fait en mesure de les identifier. Mais elle sait que Watson est le mieux placé pour servir de relais auprès de Holmes en entretenant en lui la légende de l'assassin au chien, et surtout pour faire converger les indices vers l'innocent scientifique qu'est son mari.

À chacune de ses apparitions dans le livre, Béryl joue avec persévérance, par l'ensemble de ses propos comme par ses attitudes physiques, le même rôle, celui d'une héroïne terrorisée par l'homme avec qui elle vit. Le but est simple : faire apparaître son mari, personnage de peu d'envergure, comme un être maléfique et un assassin en puissance.

*

Dans son entreprise criminelle Béryl Stapleton va bénéficier d'un coup de chance, la mort de Selden. Alors qu'il n'y a pas la moindre trace de chien autour du cadavre, la tension romanesque créée par la jeune femme est telle que Holmes, infatigable créateur d'intrigues, met immédiatement cet accident au compte du chien monstrueux qui rôderait sur la lande.

S'il est vraisemblable que Selden a fait une chute mortelle, son décès ne peut cependant passer complètement pour un accident. Traqué par la police et par l'armée, le forçat est condamné à mort dès le début du livre. Dès lors, sans qu'elle puisse exactement savoir ce qui adviendra, Béryl peut légitimement espérer bénéficier sous peu d'un second cadavre, qui ne manque pas de survenir.

Car le génie de cette réécriture fantastique de la réalité est qu'elle n'est pas seulement une réorganisation du réel, elle est aussi productrice d'événements. L'angoisse que Béryl est parvenue à susciter et à faire partager à tous les acteurs du drame a toute chance, au-delà de la lecture opportune qu'elle fournit des « faits », de créer sans cesse des drames, puisqu'elle met le réel sous tension.

*

Vient le meurtre lui-même. Si les grands criminels se reconnaissent, comme les joueurs d'échecs, à la simplicité de leur solution, il ne fait alors guère de doute que Béryl Stapleton en fait partie. Car il est peu de meurtres, dans ceux que la critique policière a identifiés, qui demandent aussi peu de moyens pour un résultat aussi profitable.

Le ressort de ce meurtre est l'attachement de Stapleton pour son chien. En gardant à l'esprit cet élément, qui est, avec sa passion pour l'entomologie, la clé de ce personnage de savant distrait, on comprend qu'il suffit à l'assassin d'un geste et d'une phrase pour se débarrasser sans risque, puisque sans meurtre, de sa victime.

Béryl a tout lieu, le soir fatal, de pressentir que Holmes et Watson sont restés dans les parages et surveillent la maison. Mais le dispositif prévu fonctionne tout aussi bien si Henry regagne son domicile sans surveillance. Elle prend cependant un certain nombre de précautions au cas où la maison serait observée, dont celle de ne pas assister au repas entre Henry et Stapleton : prétextant être souffrante, elle garde toute sa liberté de circulation.

Tout se joue, et très rapidement, au moment où Henry quitte la maison. Watson, qui s'est approché, voit Stapleton aller dans un appentis et entend des bruits suspects, mais ne le voit pas libérer le chien. Il n'a en effet aucune raison de le faire [1]. C'est quelques minutes plus tard, et alors qu'Henry vient de quitter la maison, que Béryl s'approche à son tour de l'appentis et rend la liberté à l'animal.

Ce faisant, elle ne fait guère courir de risque à Henry, le chien, malgré sa taille, étant peu agressif et les probabilités fortes que Holmes, d'une manière ou d'une autre, continue à surveiller l'héritier. Il n'y a pas non plus de certitude quant aux réactions de l'animal, mais il y a tout lieu de penser qu'il suivra Baskerville, ou, à tout le moins, s'éloignera un temps de la maison, ce qui est suffisant pour la réussite du plan.

Il suffit alors à Béryl de courir vers Stapleton en lui

1. « J'entendis une porte s'ouvrir et des chaussures qui écrasaient le gravier. Les pas longèrent le mur derrière lequel j'étais accroupi. Je me relevai doucement et je vis le naturaliste s'arrêter à la porte d'un appentis situé dans le coin du verger. Une clef tourna dans la serrure ; il entra, et de l'intérieur me parvint un curieux bruit de bousculade. Il ne resta dedans qu'une minute ou deux, puis j'entendis la clef tourner une autre fois ; il longea à nouveau mon mur et rentra dans la maison. Je le vis rejoindre son invité, après quoi j'allai à quatre pattes retrouver mes compagnons qui m'attendaient. » (p. 163)

annonçant que le chien s'est échappé et s'est enfui en direction du marais. C'est cette annonce de quelques mots qui, à elle seule, constitue le meurtre. Fou d'inquiétude pour son animal, Stapleton court vers le chemin où Béryl a enlevé – ou plus probablement modifié – les repères, stratagème dont elle reconnaît d'ailleurs, à la fin du livre, avec le cynisme d'une criminelle assurée de l'impunité, que l'idée lui est bien venue :

> Le brouillard collait aux vitres comme du coton blanc. Holmes leva la lampe contre la fenêtre.
>
> « Voyez, fit-il. Personne ne pourrait ce soir s'orienter dans le grand bourbier de Grimpen ! »
>
> Elle rit et battit des mains. Ses yeux et ses dents brillaient d'une joie féroce.
>
> « Il peut y avoir pénétré, mais il ne retrouvera jamais son chemin pour en sortir, s'écria-t-elle. Comment voir les baguettes ce soir ? Nous les avions plantées ensemble, lui et moi, pour marquer le chemin à travers le bourbier. Oh ! si seulement j'avais pu les arracher aujourd'hui ! Vous l'auriez eu à votre merci [2]. »

La chaussure a été disposée en évidence quelques heures auparavant. Il ne reste plus à Béryl, au cas où Holmes et Watson auraient continué leur surveillance, qu'à se transformer en l'une de ces héroïnes de mélodrame qu'apprécie tant Holmes et, après avoir fermé à clé de l'intérieur la porte d'une chambre, à se ligoter elle-même, offrant au détective un spectacle de féminité souffrante propre à l'émouvoir [3].

*

2. *Ibid.*, p. 170.

3. Dans « Le manoir de l'Abbaye », une autre aventure de Sherlock Holmes, l'héroïne se fait ligoter par son amant – qui a tué son mari violent – afin de faire croire à un cambriolage.

Stapleton disparu, c'est Béryl qui devient – plus encore qu'avant, mais cette fois définitivement – maîtresse du récit. Car la plupart des éléments permettant d'accuser Stapleton sont communiqués par sa femme et ne reposent sur aucune autre garantie. Après la mort de son mari, c'est elle qui devient la narratrice d'un texte qu'elle contrôlait déjà largement en sous-main.

De nombreuses pièces manquantes de la version de Holmes sont en effet fournies par Béryl et relayées par le détective dans son ultime explication. Cette dépendance complète du récit de Holmes envers les allégations de Béryl ne semble d'ailleurs nullement perturber un homme qui, définitivement sous la coupe de la jeune femme, a manifestement perdu tout sens critique :

> « J'ai eu le privilège de m'entretenir par deux fois avec madame Stapleton, et tout a été si parfaitement éclairci que je ne crois pas qu'il subsiste l'ombre d'un secret [4]. »

On ne doutera pas un instant que ce double entretien avec l'assassin ne permette à Holmes de parvenir à une version satisfaisante des faits. Force est malheureusement, pour un esprit moins crédule, de constater que nous n'avons que la parole de Béryl pour étayer une multitude d'affirmations.

On en est ainsi réduit à la croire sur parole quant aux événements précédant l'arrivée du couple dans le Devonshire. La vie menée par les Stapleton au Costa-Rica, où il aurait « détourné une somme considérable qui appartenait à l'État [5] », comme les circonstances mystérieuses dans lesquelles ils auraient été conduits à quitter le collège qu'il dirigeait (« le collège qui avait bien démarré tomba dans une infâme renommée [6] »)

4. *Op. cit.*, p. 174.
5. *Ibid.*, p. 175.
6. *Ibid.*

sont connues grâce à Béryl, d'autant plus à l'aise dans son rôle de témoin à charge que son mari n'est plus là pour contester ses affirmations.

Mais c'est surtout sur le passé proche et l'ensemble des préparatifs du meurtre que toutes les informations passent par Béryl. La reconstitution du séjour londonien des Stapleton est entièrement dépendante du témoignage de la jeune femme. Et c'est parce qu'il lui fait aveuglément confiance que Holmes peut croire au mythe invraisemblable d'un Stapleton consacrant toute son énergie à se faire remarquer en prenant Baskerville en filature, en prétendant être lui-même Sherlock Holmes et en dérobant à deux reprises une chaussure dans l'hôtel.

*

Mais Béryl ne fait là qu'officialiser une fonction qu'elle occupait depuis longtemps dans l'ombre. Car le récit officiel des faits communiqué à Holmes à la fin du livre et qui sert d'armature à son témoignage n'est que la version émergée d'un récit plus secret, tissé par la jeune femme tout au long du livre et actif sur tous les personnages.

Si tout dépend dans cette histoire de la narration de Béryl, celle-ci ne se limite nullement au récit final. Elle commence bien avant, dès l'épisode londonien, dans la mesure où elle est co-narratrice du *Chien des Baskerville*. Une co-narratrice qui, dans le souci de captiver le détective, tire en permanence le récit vers le mélodrame.

C'est à elle que l'on doit l'atmosphère oppressante qui accompagne l'arrivée à Londres d'Henry Baskerville, puisqu'elle envoie la lettre anonyme, fait disparaître les chaussures et organise la filature. Il n'y a rien d'étonnant à ce que ces événements soient si peu discrets, puisque leur motivation est précisément de frapper les esprits. Le récit de Béryl débute avant même son entrée en scène et chacun de ses éléments vise à séduire et intriguer son destinataire privilégié, l'homme qui rendra possible le meurtre : Sherlock Holmes.

Mais c'est aussi à Béryl que l'on doit l'histoire d'amour avec Baskerville et le récit imaginaire que s'en fait Holmes. Alors qu'il est avéré que Stapleton ne s'intéressait plus qu'à Laura Lyons, Béryl parvient à le faire passer pour un homme jaloux incapable de supporter sa relation naissante avec Henry et à justifier ainsi les soupçons de mauvais traitements pesant sur lui, ce qui est un comble quand on sait qu'elle est en train d'organiser son meurtre [7] !

*

Si Schéhérazade sauvait sa vie en racontant des histoires, Béryl [8] utilise un procédé identique pour tuer et pour s'enrichir. Un meurtre sans arme, sans menace, sans parole blessante, où la victime se met elle-même à mort sous les applaudissements des autres personnages, il serait difficile de trouver plus belle réussite dans les annales du crime.

---

7. La scène où Stapleton se précipite sur Henry en train d'embrasser Béryl n'implique pas que le naturaliste soit jaloux et peut se lire autrement que ne le fait Watson, qui y assiste de loin et n'entend pas les propos échangés. Là encore, c'est Béryl qui mène le jeu. Il lui suffit, quand Henry tente de l'embrasser, de pousser un cri et d'appeler à l'aide pour faire accourir son mari et offrir à cet éternel spectateur berné qu'est Watson une scène mélodramatique de mari jaloux.

8. Le mot « béryl » se trouve associé, dans une autre aventure de Sherlock Holmes, à la culpabilité féminine. Dans une nouvelle intitulée « Le Diadème de béryls », c'est la nièce d'un banquier qui dérobe à son oncle, pour le donner à son amant, un luxueux bijou que lui a confié un des plus hauts personnages d'Angleterre.

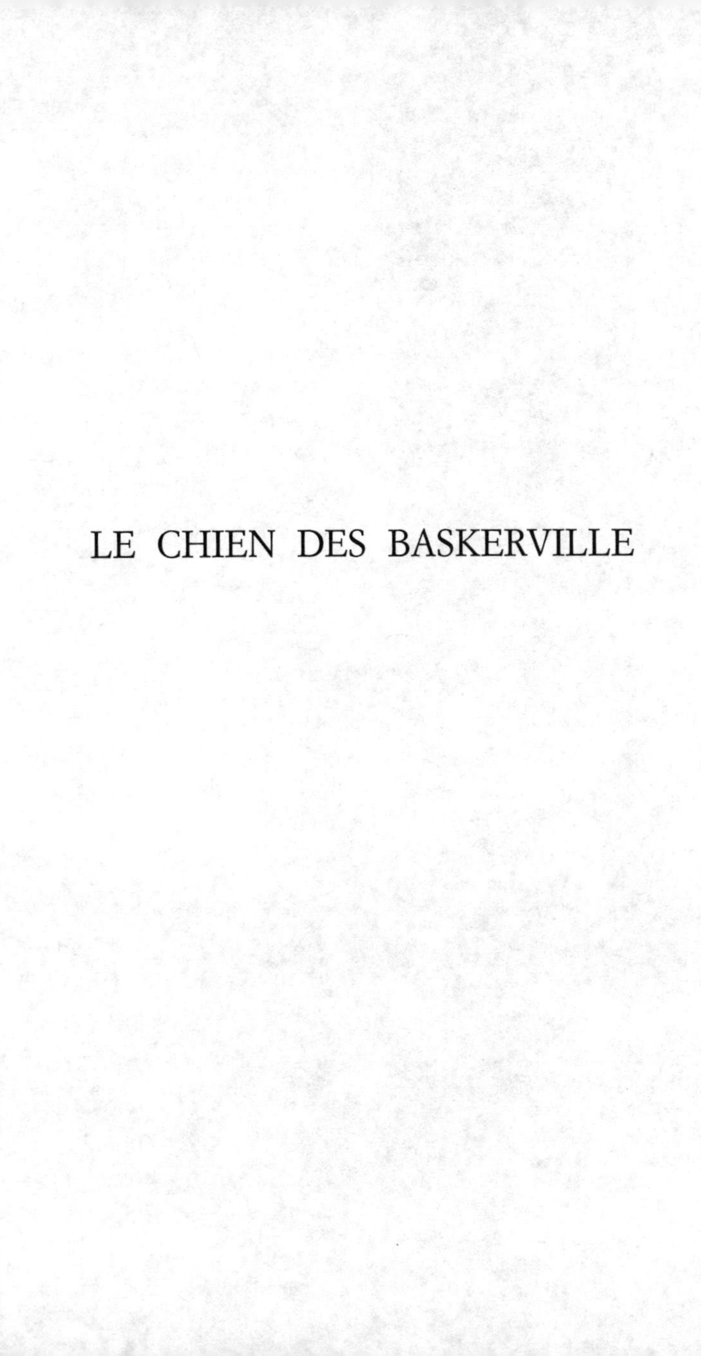

LE CHIEN DES BASKERVILLE

Indépendamment de toutes les preuves qu'il est possible de réunir contre Béryl, tout indique, sur un plan fantasmatique, qu'il s'agit dans ce livre d'un crime de femme. Le crime d'une épouse qui fut sans doute un temps amoureuse, et qui, trompée par un être qu'elle juge de surcroît médiocre, a transmué peu à peu sa passion en haine.

En ce sens, Béryl est le véritable chien des Baskerville, et non l'innocent molosse élevé par son mari. La manière dont elle est décrite à la fin du livre (« Ses yeux et ses dents brillaient d'une joie féroce [1] ») suggère qu'il y a bien un monstre dans l'histoire, mais qu'il n'est pas là où Conan Doyle, égaré par sa haine pour le détective, s'obstine à l'imaginer.

*

Mais n'y a-t-il dans ce livre qu'un seul monstre ? Il est tentant de se demander, en voyant le comportement de Béryl, dans quelle mesure elle ne vient pas aussi, sans en avoir conscience, s'inscrire dans une histoire plus ancienne et prendre la place de la femme qu'Hugo avait séquestrée, puis pourchassée et conduite à la mort.

1. *Ibid.*, p. 170.

La scène finale vient en effet clôturer le cycle ouvert par le crime initial d'Hugo. Béryl, tout d'abord, venge par son meurtre la jeune fille assassinée. Mais elle s'ouvre aussi, de surcroît, l'entrée dans la famille des Baskerville, puisqu'il y a tout lieu de penser que, passé un délai de décence, elle finira par épouser Henry et deviendra la nouvelle maîtresse du manoir.

On ne serait d'ailleurs guère rassuré à la place de l'héritier et on peut imaginer aisément qu'après quelques années Henry Baskerville périra lui-même dans un accident – par exemple en allant chercher un cheval malencontreusement égaré dans les marais –, laissant toute sa fortune, ses terres, son manoir et son nom à sa jeune veuve éplorée.

Ainsi Béryl, accueillie en heureuse propriétaire à Baskerville, accomplit-elle symboliquement, cette fois à l'envers, la totalité du chemin qu'avait parcouru la femme prisonnière quand elle s'était éloignée en courant du manoir pour trouver la mort au fond du goyal, et répond-elle à l'appel à la vengeance lancée par celle-ci en expirant.

*

En ce sens, Béryl vient venger la prisonnière du manoir en exécutant un héritier de l'assassin et en s'emparant de la demeure. Mais ne peut-on faire un pas de plus et se demander si elle ne serait pas manipulée sans le savoir par la femme assassinée, et comme possédée par elle ?

Si l'on accepte mon hypothèse que les personnages littéraires circulent couramment entre le monde de la réalité et celui de la fiction, ne peut-on également supposer qu'il leur arrive de circuler, à l'intérieur de la fiction, entre différentes époques, et que le monde littéraire est, comme le nôtre, hanté par des fantômes ?

Que la jeune fille poursuivie par Hugo Baskerville et disparue dans le goyal de la lande de Dartmoor hante comme un spectre le livre de Conan Doyle à la recherche d'une sépulture de mots ne surprendra que ceux qui ne croient pas dans la réalité des personnages littéraires et dans les exigences qu'ils tentent, comme nous, de faire valoir.

Ainsi le roman raconterait-il deux vengeances séparées par les époques et les mondes, celle de la femme trompée, Béryl, se doublant d'une vengeance venue de plus loin mais tout aussi agissante dans le livre, celle d'une femme assassinée et, qui, ne pouvant dormir en paix, réclamerait justice depuis plus de deux siècles.

*

Béryl a d'ailleurs, probablement sans s'en rendre compte, un geste simple, mais révélateur pour dire qu'elle vient prendre la place de la jeune fille persécutée par Hugo Baskerville et venger inconsciemment sa mort.

En s'enfermant à l'étage de la maison de l'héritier des Baskerville, en se ligotant et en exhibant des marques de coups, en s'entourant de bandelettes comme une momie, elle se donne à voir à tous comme le fantôme de la femme qu'Hugo avait, pour la violenter, enfermée à l'étage du manoir.

Et la mort de Stapleton sur la lande vient là aussi reproduire, comme en miroir, celle d'Hugo. Alors que celui-ci était mort dans les marais en pourchassant une femme et en étant lui-même poursuivi par un chien, son descendant périt sous les coups d'une femme en tentant de sauver son chien.

Ainsi la scène finale du roman a-t-elle tout d'une cérémonie expiatoire où se rejouerait, à l'insu même des participants, la scène inaugurale du crime, comme si la lande de Dartmoor était encore habitée par des fantômes qui, à la recherche de la sérénité, demandaient qu'on leur vienne en aide.

*

Tout se passe ainsi comme si, derrière la main criminelle qui mène l'intrigue en inventant une fiction littéraire, se laissait entrevoir par moments une autre figure plus redoutable, celle d'une revenante qui se serait emparée de l'héroïne et n'aurait de cesse que celle-ci lui ait permis, dans l'univers intermédiaire qu'elle habite depuis des siècles, de trouver le repos.

Car il n'est pas vrai que les morts soient morts. Dans la fiction comme dans la réalité, ils possèdent une forme singulière d'existence et continuent à côtoyer les vivants, pesant sur leurs décisions, dictant leurs propos et jusqu'à leurs pensées, exigeant de manière impérieuse, avec autant de force et de constance que nous-mêmes, d'être enfin reconnus et écoutés.

SOMMAIRE

CET OUVRAGE A ÉTÉ ACHEVÉ D'IMPRIMER LE DEUX SEPTEMBRE DEUX MILLE DIX DANS LES ATELIERS DE NORMANDIE ROTO IMPRESSION S.A.S. À LONRAI (61250) (FRANCE)
N° D'ÉDITEUR : 4893
N° D'IMPRIMEUR : 101737

Dépôt légal : octobre 2010